황금비늘

이외수 장편소설 ❶

황금비늘

해냄

이외수 장편소설 ❶

황금비늘

| 차 례 |

이외수 장편소설 ❷

황금비늘 |차례|

1
수리법

영아원 시절이었다. 나는 어른들과 판이하게 다른 수리법을 쓰고 있었다.

123

어른들은 백이십삼이라고 읽었고, 나는 일이삼이라고 읽었다.

$4+5=9$

$4+5=45$

어른들은 사 더하기 오는 구라고 계산했고, 나는 사 더하기 오는 사오라고 계산했다.

$$45-4=41$$
$$45-4=5$$

어른들은 사십오 빼기 사는 사십일이라고 계산했고, 나는 사오 빼기 사는 오라고 계산했다.

$$7-3=4$$

어른들의 계산이었다.

내 수리법으로는 성립되지 않는 뺄셈이었다.

칠 하나만 있는데 삼을 어디서 빼느냐고 물으면 칠 속에 삼이 들어 있다는 것이었다. 그러나 나는 아무리 자세히 들여다보아도 칠 속에 들어 있다는 삼이 보이지 않았다. 뿐만 아니라 사는 어디에 숨어 있다가 돌연히 나타나서 뻔뻔스러운 모습으로 정답의 자리를 차지하게 되었는지도 의문이었다. 그러나 어른들은 사도 칠 속에 들어 있다는 설명이었다. 나는 칠이라는 숫자가 뱃속에 다른 숫자들을 품고 있다는 사실을 도저히 납득할 수가 없었다.

처녀＋총각＝처녀총각

처녀총각-총각＝처녀

내가 사용하는 수리법을 낱말로 바꾸어 공식화시켜 보면, 그 수학적 합리성이 분명하다는 사실이 절로 드러나 보였다.

어른들은 내 수리적 둔감함에 걱정스러운 표정을 짓곤 했지만, 나는 아무런 불편함도 느낄 수가 없었다. 내 수리법대로 계산해도 손가락이 줄어들거나 발가락이 늘어나는 불상사는 생기지 않았다. 설사를 하거나 두통을 앓는 부작용도 생기지 않았다. 단지 어른들이 내 수리법을 자기들 방식대로 뜯어고치기 위해 성가시게 굴지만 않는다면 생활에 아무런 불편함도 느낄 수가 없었다.

2
마지막 면담자들

"차돌처럼 야무지게 생긴 아이로군요."

어느 토요일 오후였다.

원장실에 들어서자 사십대 중반의 남자가 나를 보며 호의적인 목소리로 그렇게 말했다. 기품 있는 풍모를 지니고 있었다. 성격도 원만해 보였다. 그러나 나는 아직도 긴장을 풀지 못하고 있었다. 남자 곁에는 그의 부인으로 보이는 여자가 동석하고 있었다. 냉담 하면서도 지적인 분위기를 풍기고 있었다. 금테 안경을 끼고 있었 다. 금테 안경 속에서 여자의 분석적인 눈초리가 예리하게 나의 전 신을 탐문하고 있었다. 나는 조립형 장난감 변신 로봇처럼 부품별 로 차례차례 분해되고 있는 듯한 기분이었다. 나는 더욱 긴장이 고조되고 있었다.

"이름이 뭐지."

남자가 물었다.

"김동명이요."

내가 대답했다.

목소리가 기어들고 있었다. 면담자들이 질문을 하면 낭랑한 목소리와 명확한 발음으로 대답해야만 총명한 아이로 인정받을 수 있다고 원장이 몇 번이나 일러주었는데도 아무 소용이 없었다.

"크면 어떤 사람이 되고 싶으냐."

"발명가요."

"제일 먼저 무얼 발명하고 싶지."

"개미처럼 쬐그만 동물을 공룡처럼 커다란 동물로 만드는 약을 발명하고 싶어요."

여전히 기어드는 목소리였다. 그러나 남자는 아직 나를 총명치 못한 아이로는 판단하지 않은 모양이었다.

"미래에는 전인류가 식량문제로 고민할 필요가 전혀 없겠구나."

오히려 대견스럽다는 듯한 어투로 그렇게 감탄까지 해 보였을 정도였다. 하지만 나는 인류의 식량문제를 해결하기 위해서 그런 약을 발명할 생각은 아니었다. 단지 체구가 너무 작다는 이유로 놀림감이 되는 것이 싫었을 뿐이었다. 그런 약을 발명하면 제일 먼저 나부터 복용해야 될 입장이었다.

"며칠 전 전화를 걸어주셨을 때도 말씀드렸습니다만, 정말로 비상한 기억력을 가지고 있는 아이지요. 백여 장의 낱말 카드를 이삼 초 간격으로 한 번씩만 보여주어도 순서 하나 틀리지 않고 모조리 기억해 낼 수가 있습니다. 그러나 이상하게도 계산에는 매우 약한 편이지요. 지극히 초보적인 덧셈이나 뺄셈도 못하는 실정입니다. 그토록 비상한 기억력을 가지고 있는 아이가 둘에다 하나를 더하거나 빼는 문제도 풀지 못한다면, 도대체 누가 믿을 수 있겠습니까. 아무리 생각해도 이해할 수가 없는 일입니다."

원장의 말이었다.

원장은 변화를 별로 좋아하지 않는 성품을 가지고 있었다. 면담자들에게 나를 양자로 천거할 때마다 똑같은 선전문구를 고장난 레코드판처럼 되풀이해서 들려주고 있었다. 그러나 지극히 초보적인 덧셈이나 뺄셈도 못한다는 부분에 대해서는 어떤 착오가 있음이 분명했다. 내가 단지 어른들과 전혀 다른 수리법을 사용하고 있다는 사실을 원장은 간과하고 있었다. 아무리 생각해도 억울한 일이 아닐 수 없었다. 선전문구 중에서 그 부분을 삭제하거나 보완하지 않는 한 나를 양자로 데려가려는 면담자가 아무도 없을 것 같았기 때문이었다.

"학교는 언제부터 다니게 됩니까."

"내년부터 다니게 됩니다."

내년이면 나는 영아원을 떠나지 않을 수 없었다. 여덟 살이 되면 영아원에 있던 아이들은 취학연령이 되었다는 이유로 보육원에 이적토록 조처되는 것이 상례였다. 내게 있어서는 이번 면담이 영아원에서의 마지막 면담이 될 것 같았다.

"이왕이면 학교를 들어가기 전에 입양을 시키는 편이 여러 가지로 유리하겠지요."

"물론입니다."

다행스럽게도 대화는 낙관적인 방향으로 진행되고 있는 듯한 분위기였다.

보육원에 가고 싶지는 않았다. 아이들끼리의 정보에 의하면 거기는 엄격한 위계질서와 규칙적인 공동생활만이 존재하는 격리지역이었다. 학교도 마찬가지였다. 성실한 학습태도와 우수한 학과성적만을 강요하는 제한구역이었다. 이제 내 앞길에는 험난한 가시덤불과 가파른 언덕길만이 기다리고 있는 것 같았다. 나는 어떤 난관에 대해서도 자신감이 생기지 않았다. 틀림없이 낙오자로 전락해 버릴 것 같았다.

"성격은 어떻습니까."

"다소 내성적이기는 하지만 붙임성은 좋은 편입니다."

"건강상태는요."

"체구는 작아도 감기 한번 걸려본 적이 없을 정도입니다."

대화는 주로 남자가 질문을 하면 원장이 대답하는 형식으로 진행되고 있었다. 여자는 한마디도 입을 열지 않았다. 시선을 창문쪽으로 돌린 채 바깥 풍경만 내다보고 있었다. 탁자 위에는 석 잔의 커피가 반쯤 남은 채로 식어가고 있었다. 밖에는 어지럽게 눈발이 흩날리고 있었다. 겨울이 깊어가고 있었다. 흩날리는 눈발 속에서 모든 풍경이 흐리게 지워지고 있었다.

"원장님의 말씀이 모두 사실이라면 별다른 문제점이 없는 아이로군요."

"체구가 작다는 사실과 계산에 약하다는 사실만 빼고 나면 모든 면에서 다른 아이들보다 몇 배나 우수한 자질들을 간직하고 있습니다."

"체구야 나이가 들면 저절로 커지겠지요. 그리고 낱말 카드 백 장을 이삼 초만 보여주어도 순서 한번 틀리지 않고 모조리 외울 수 있는 두뇌를 가졌다면 계산에 대한 맹점도 언젠가는 보완이 될 겁니다. 일곱 살밖에 안 된 아이에게 전지전능하기를 바란다면 그것이 오히려 비정상이겠지요."

"백번 지당하신 말씀입니다."

"저로서는 별로 마음에 걸리는 부분이 없습니다만, 제 아내의 생각이 어떤지가 의문입니다."

남자의 호의적인 태도는 조금도 변함이 없었다.

나의 긴장감은 이제 절정에 달해 있었다. 세포도 팽창하고 있었다. 혈관도 팽창하고 있었다. 전신이 팽창하고 있었다. 영아원에 있는 내 나이 또래의 아이들은 누구나 양부모의 손을 잡고 영아원 정문을 나서는 날이 오기만을 간절히 기다리고 있었다. 그것이 최대의 소망이었다. 간혹 소망을 성취한 아이들이 양부모의 손을 잡고 영아원 정문을 나서는 모습을 목격한 날은 무슨 놀이를 해도 신바람이 나지 않았다. 모두가 하루 종일 풀이 죽은 모습으로 정문

쪽만 멍하니 바라보는 일이 고작이었다.

"그래도 일곱 살 먹은 아이치고는 체구가 너무 작아요."

여자가 비로소 입을 열었다.

팽창해 있는 내 가슴 복판으로 갑자기 대못 하나가 박혀들고 있었다. 나는 전신이 급격히 오그라들고 있었다.

"성장이 좀 더딜 뿐이지 신체적으로 어떤 결함이 있지는 않습니다."

원장이 말했다.

원장은 신경통 때문에 왼쪽 다리를 약간 저는 오십대 초반의 나이였다. 그럼에도 불구하고 오늘의 면담에 만전을 기하기 위해서 이른 새벽부터 동분서주하는 모습이었다. 나를 목욕탕에 데리고 가서 목욕도 시키고 이발소에 데리고 가서 이발도 시켰다. 백화점에 데리고 가서 옷도 갈아입히고, 중국집에 데리고 가서 짜장면도 시켜주었다. 영아원에 돌아와서는 낱말 카드를 외우는 연습을 한 시간이 넘도록 반복시켰다. 낱말 카드는 원장의 책상 오른쪽 세 번째 서랍 속에 들어 있었다. 나는 그 서랍이 열릴 기회가 오기만을 간절히 기다리고 있었다. 그러나 나의 비상한 기억력을 면담자들에게 보여줄 기회는 좀처럼 도래하지 않고 있었다.

"유전적인 이유에 의해서 작은 체구를 가지고 있다면 나이를 먹는다고 하더라도 마찬가지가 아니겠어요."

여자가 말했다.

"영아원에서 아이들을 면담할 때마다 당신은 지나치게 외모에 신경을 쓰는 경향이 있소. 지금까지 수많은 성인군자들이 지구상에 존재했지만 체구가 커야만 반드시 쓸모 있는 인간으로 성장한다고 주장했던 사람은 아무도 없었소. 나폴레옹도 1미터 50센티밖에 되지 않는 단신이었소. 그렇지만 세상이 다 알고 있는 영웅으로 아직도 그 이름이 회자되고 있지 않소."

남자기 말했다.

"나폴레옹은 프랑스에서 태어났어요. 만약 대한민국에서 태어났다면 그런 체구로는 군대조차도 가지 못하는 신세가 되었을 거예요."

여자의 주장이었다.

"당신은 지금까지 도처의 영아원을 순방하면서 많은 아이들을 면담해 보았소. 하지만 면담을 할 때마다 아이들의 단점만을 찾아내는 일에만 골몰해 있었소. 오늘은 관점을 좀 바꾸어보는 것이 어떻겠소."

남자가 말했다.

"관점을 아무리 바꾼다고 하더라도 메추리알 속에서 코끼리를 끄집어낼 수는 없지 않겠어요."

여자의 대답이었다.

"어차피 우리가 아이를 낳아 기를 수 없는 운명이라면 보다 자비로운 쪽으로 마음을 정해야 한다는 사실에 서로 동의했기 때문에 여기까지 오게 된 것이 아니겠소. 진정한 자비란 욕심을 버리고 희생을 선택할 때만 드러나는 미덕이라는 사실을 당신도 잘 알고 있지 않소. 세상에는 장애자나 정박아를 데려다 애지중지 보살피고 있는 사람들도 부지기수라오. 얼마나 아름답고 숭고한 마음들이오. 당신도 충분히 그럴 만한 자격이 있다고 나는 믿고 있소."

"당신도 아시다시피 저는 아직도 세속의 평범한 여자에 불과해요. 고난을 자진해서 짊어지고 성자의 흉내 따위나 내면서 살아갈 생각은 추호도 해본 적이 없어요."

"나 역시 당신이 아이 하나쯤 맡아서 양육할 만한 능력조차 없는 여자라고는 추호도 생각해 본 적이 없소."

의견이 서로 상반되고 있었다. 이런 경우에는 대개 면담이 결렬되는 것이 상례였다. 남자는 낙담하는 표정으로 담배 한 개비를 꺼내 물었다. 실내에는 무거운 침묵이 흐르고 있었다. 원장도 담배 한 개비를 꺼내 물었다. 나는 곁눈질로 원장의 눈치만 살피고 있었고, 원장은 곁눈질로 여자의 눈치만 살피고 있었다.

세상의 모든 과학자들이나 발명가들은 인간의 체구를 마음대로 조정하는 일이 원자폭탄을 만드는 일보다 몇 배나 시급하고 소중하다는 사실을 왜 아직까지도 자각하지 못하고 있는 것일까. 나는 과학자들이나 발명가들이 곁에 있다면 세차게 정강이라도 한번 걸어차주고 싶은 심정이었다.

"생후 이 개월쯤 되었을 때 청담동 어느 부잣집 대문 앞에 버려져 있었다고 말씀하셨던가요."

여자가 입을 열었다. 내가 영아원으로 오기 전에 있었던 일을 원장에게 묻고 있는 것 같았다. 나도 몇 번의 면담을 통해서 익히 들어 알고 있는 내력이었다.

"일전에 말씀드린 그대롭니다."

"출신성분을 알 수 있을 만한 쪽지나 정표도 일절 없었다면서
요."

"그렇습니다."

"왜 그 부잣집에서는 이 아이를 자기들이 양육하지 않고 영아원
에다 의탁하게 되었을까요."

"나름대로 그럴 만한 사정이 있었겠지요."

"출신성분이 불분명하다는 점이 마음에 걸려서가 아니었을까
요. 강간이나 불륜에 의해서 생겨난 아이일 수도 있으니까요. 만약
그런 아이라면 누구든지 양육하고 싶은 생각이 들지 않겠지요."

"아직까지는 연고자가 한 명도 나타나지 않고 있기 때문에 자세
한 내용은 저로서도 전혀 모르고 있는 실정입니다."

원장의 답변이었다.

여자는 나를 양자로 데려갈 의사가 없다는 사실을 확실하게 표
명하고 있는 것 같았다. 나의 소망도 불시에 물거품으로 변해 가고
있었다. 그러나 처음 있는 일은 아니었기 때문에 그리 상처가 심하
지는 않았다. 양부모의 손을 잡고 영아원 정문을 빠져나간 아이들
이 반드시 행복하게 사는 것만은 아니라는 사실도 어느 정도는 치
료제의 작용을 하고 있었다. 재작년에 입양된 아이 하나는 양부모
의 사랑을 독차지하다 동생이 태어나자 퇴행현상을 일으켜 파양된
적까지 있었다. 대소변을 못 가리고 자주 병치레를 한다는 이유 때

문이었다. 퇴행현상이란 입양아들에게서 흔히 나타나는 현상이었다. 동생의 출생에 의해 갑자기 가족들의 애정이나 관심을 받지 못하게 되면 어린애와 같이 미숙한 행동을 나타내 보이게 되는데, 이런 경우에는 대개 양부모들이 복잡한 수속절차를 무릅쓰고라도 파양을 요구하기 마련이었다.

"내 추측대로라면 이 아이의 부모는 비록 가난하게는 살았어도 모진 성품을 가지고 있지는 않았던 것 같소."

남자가 말했다.

남자는 아직도 면담을 결렬시킬 의사가 없는 모양이었다.

"당신은 어떤 점을 근거로 그런 확신을 가지게 되셨나요."

여자가 물었다.

"당신도 알다시피 이 세상에는 차마 입에 올리기도 부끄러운 가혹행위를 자식에게 저지르는 부모들이 산재해 있소."

남자는 아동을 대상으로 저질러진 부모의 끔찍한 가혹행위들을 여자에게 사례별로 간추려서 열거하기 시작했다.

몇 년 전에는 여섯 살 먹은 딸애를 버르장머리가 없다는 이유로 십여 차례나 흉기로 찔러 숨지게 한 아버지가 있었다. 시체를 부엌에다 사흘간이나 방치해 두었는데, 옆집 사람이 발견하고 경찰에 신고를 함으로써 세상에 알려지게 되었다.

작년 여름에는 일곱 살 먹은 아들을 평소 도벽성이 있다는 이유로 안방 다락 속에 가두고 굶겨 죽인 아버지가 경찰에 구속되었다. 아들은 도망가려고 높은 다락에서 뛰어내리다 오른쪽 다리에 골절상을 입었다. 아버지는 더욱 심한 매질을 해서 아들을 다락에다 감금한 채로 음식도 주지 않고 방치해 두었다. 결국 아들은 골절상태에서 고통스럽게 신음하다 뼈만 앙상한 모습으로 굶어죽고 말았다.

몇 달 전에는 전처 소생인 두 살짜리와 네 살짜리 남매를 살해하여 야산에 암매장한 어머니도 있었다. 전신에 멍이 들어 있었고, 손톱 밑에는 바늘에 찔린 흔적이 여러 군데 발견되었다. 귀에는 이빨로 물어뜯긴 자국도 선명하게 남아 있었다. 뿐만 아니라 두개골까지 파열되어 있었다. 쇠망치로 여러 차례 가격했다는 사실이 부검에 의해 드러났다.

"거기에 비하면 가난을 견디지 못해 자기들이 낳은 아이를 부잣집 대문 앞에다 내다 버리고, 부디 아이만은 궁핍하지 않게 살아주기를 바라는 부모의 심정은 얼마나 눈물겹소."

남자는 나를 내다 버린 부모에게 표창장이라도 주어야 한다고 생각하는 사람 같았다. 그러나 남자의 장황한 설득에도 불구하고 여자는 여전히 마음이 내키지 않는다는 표정을 감추지 못하고 있었다.

"저로서는 도저히 결정을 내리기가 쉽지 않군요."

여자가 말했다.

"우선 아이와 몇 마디 이야기라도 나누어보고 나서 결정하는 것이 최소한의 예의가 아니겠소."

남자가 말했다.

여자는 잠시 생각에 잠겨 있었다. 그러다가 다소 미안한 생각이 들었는지 비로소 내게 몇 가지 잡다한 질문들을 던지기 시작했다.

좋아하는 색깔은 무엇이냐. 싫어하는 색깔은 무엇이냐. 좋아하는 음식은 무엇이냐. 싫어하는 음식은 무엇이냐. 좋아하는 사람은 누구냐. 싫어하는 사람은 누구냐.

건성으로 던지는 질문들 같았다. 별로 대답하기 어렵지는 않았다. 따라서 진지해질 수도 없었다.

좋아하는 색깔은 노란색입니다. 싫어하는 색깔은 까만색입니다. 좋아하는 음식은 짜장면입니다. 싫어하는 음식은 잡곡밥입니다. 좋아하는 사람은 홍길동입니다. 싫어하는 사람은 팥쥐 엄마입니다.

나는 정직하게 대답해 주기는 했지만 그리 마음이 개운하지는 않았다. 왜 낱말 카드 맞추기는 하지 않고, 그런 시시껄렁한 질문 따위로 아까운 시간을 허비해 버리는 것일까. 차라리 원망스러울 정도였다. 원장의 책상 오른쪽 세 번째 서랍은 끝끝내 열리지 않았다. 나는 울고 싶은 심정이었다. 그러나 울지는 않았다. 면담자들이 나를 천덕꾸러기로 오판할 가능성을 염려해서였다. 그러나 이번 경우보다 더 비참했던 경험도 얼마든지 있었다.

양부모와 닮은 데가 전혀 없다. 혈액형이 맞지 않는다. 용모가 단정치 못하다. 관상이 궁끕해 보인다. 성격이 명랑치 못하다. 체구가 너무 작다. 출신성분이 불분명하다. 심지어는 앞니가 빠졌다는 사실조차 결격사유가 되었던 적도 있었다.

백여 장의 낱말 카드를 한 번만 보고도 순서 하나 틀리지 않고 모조리 외워버리는 나의 기억력은, 면담자들로 하여금 나를 양자로 데려가고 싶은 충동을 느끼게 만드는 일에 절대적인 영향을 미치지는 못했다. 여섯에다 일곱을 더하면 얼마냐 하는 따위의 질문이 던져지기만 하면, 어김없이 나만의 수리법대로 정답을 산출해 내는 계산력 때문에 그 가치가 상쇄되어 버리기 일쑤였다. 뿐만 아니라 체구가 작다는 단점과 출신성분이 불분명하다는 결점도 매번 크나큰 장애요인으로 지목되고 있었다.

나는 결국 그날부로 영아원에서 양부모를 가지고 싶다는 소망을 포기해 버리는 수밖에 없었다. 나를 양자로 입적시킬 정도로 마음이 자비로운 인격체들은 모조리 월남전에 참전해서 베트콩의 총에 사살되어 버렸는지도 모른다는 생각까지 들었다.

"정말로 죄송스럽습니다."

면담자들은 결국 나를 조립형 장난감 변신 로봇처럼 부품별로 분해만 해놓고 자리에서 일어서고 있었다. 그러나 나는 분해된 자신을 스스로 조립해야 한다는 사실을 누구보다 잘 알고 있었다. 나는 창 밖을 내다보고 있었다. 아까보다 눈발이 한결 기세를 더해 가고 있었다. 원장이 면담자들을 전송하고 돌아올 때까지 나는 그대로 원장실에 남아 있었다. 원장은 나를 오래도록 두 팔로 감싸안은 채 아무 말도 하지 않았다. 나는 마침내 어깨를 들먹거리며 소리 죽여 흐느끼기 시작했다. 온 세상이 적막 속에 함몰하고 있었다.

3
보육원 일지

"창생보육원 어린이 여러분. 오늘도 하나님의 축복 속에서 아름다운 새날이 밝았습니다. 창생보육원 어린이는 부지런합니다. 창생보육원 어린이는 하나님을 사랑합니다. 신속한 동작으로 이부자리를 정돈하고, 새벽 예배에 빠짐없이 참여합시다. 하나님의 은혜로움 속에서 활기찬 하루를 시작합시다."

새벽 여섯시가 되면 어김없이 방마다 설치되어 있는 스피커를 통해 기상시간을 알리는 차임벨이 울리고, 새벽 예배에 참여하라는 방송이 반복되었다.

창생보육원은 독자적으로 부설 예배당을 보유하고 있었다. 새벽 예배는 특별한 경우를 제외하고는 거의가 원장의 주관으로 이루어졌다.

"거룩하고 은혜로우신 하나님 아버지시여."

언제나 원장은 기도의 서두를 그렇게 시작했지만, 원생들은 꼭 두새벽부터 단잠을 깨우게 만드는 하나님을 결코 거룩하고 자비롭게 생각하고 있는 표정이 아니었다. 오히려 거북하고 원망스럽게 생각하는 표정이었다.

원장의 기도는 주옵소서와 믿사옵니다 등을 주요 성분으로 하여 조제된 수면제나 다름이 없었다. 아무리 악성 불면증에 시달리는 환자라고 하더라도 경청만 하면 즉각적으로 치유될 수 있을 정도로 탁월한 수면효과를 가지고 있었다. 원생들은 두 손을 모으고 고개를 떨군 자세로 기도에 임하기는 하지만, 이내 깊은 잠 속에 빠져들지 않을 수 없었다.

그러나 원장의 기도가 끝났는데도 잠에서 깨어나지 않은 모습을 보이는 원생은 단 한 명도 없었다. 나지막이 코까지 골아대면서 달디단 잠 속에 빠져 있다가도, 예쑤님의 이름으로 기도드리옵나이다라는 소리가 들리기만 하면 일제히 고개를 쳐들면서 아멘을 복창하는 수면법을 모두가 터득하고 있었다.

새벽 예배가 끝나면 양계장을 돌보는 순서였다. 원생들은 일인당 다섯 마리의 닭들을 소유하고 있었다. 계란을 회수하고, 닭똥을 치우고, 사료를 주는 일이 남아 있었다. 계란을 판매해서 얻어낸 수익금은 사료비와 관리비를 제하고 전액을 개인통장에다 입금시켜 주었다. 통장은 원장이 소유하고 있었고, 도장은 개인이 소유하고 있었다. 그러나 평소에는 한푼도 꺼내 쓸 수가 없었다. 고등학교를 졸업하고 사회로 진출할 때만 전액을 지급 받을 수가 있었다. 자립을 위한 대비책의 일환이었다. 양계장을 돌보는 일이 끝나면 세면을 하고, 식사를 하고, 책가방을 챙기는 일이 남아 있었다. 날마다 허겁지겁 세면을 하고, 날마다 허겁지겁 식사를 하고, 날마다 허겁지겁 책가방을 챙기고, 날마다 허겁지겁 버스 정류장으로 달려가야만 했다. 버스는 언제나 만원이었다. 원생들은 미처 학교에 당도하기도 전에 파김치가 되어 있었다.

"김동명."

학교에서는 선생님이 나를 부르거나 지목할 때만 정식으로 이름이 사용되었다. 나는 전교생을 통틀어 가장 키가 작은 학생이었다.

"김땅콩."

엄연히 명찰에 김동명이라는 이름 석 자가 새겨져 있는데도, 나는 별명으로만 불리어졌다. 하필이면 김땅콩이라니. 그야말로 모욕적인 별명이었다. 남들은 모두 하늘을 향해서 키가 자라는데, 나만은 땅 밑을 향해서 키가 자란다는 이유로 붙여진 별명이었다. 들을 때마다 수치심으로 더욱 키가 줄어드는 느낌이었다.

"김동명이가 가방을 메고 하교하는 모습을 선생님이 뒤에서 본적이 있는데, 가방이 혼자서 교문 밖으로 걸어 나가는 줄 알았지."

담임선생님은 내게 각별한 관심과 애정을 기울이고 있었다. 정규수업이 끝나면 매일 한 시간씩 내게 따로 산수를 가르쳤다. 나는 수학적인 두뇌를 가지고 있는 아이가 아니었다. 잘못된 수리법을 교정하는 데 한 학기를 꼬박 잡아먹었을 정도였다. 그래도 담임선생님은 한번도 얼굴을 찡그린 적이 없었다. 언제나 다정다감한 표정이었다. 담임선생님의 그러한 노력으로 이학기 때는 성적이 상위권으로 껑충 뛰어오를 수가 있었다. 학교를 다니면서 유일하게 즐거움을 느낀 경우였다.

"아유 귀여워라."

여자애들은 동급생들까지 나를 막내동생처럼 취급하려 들었다. 나는 귀엽다는 말이 듣기 싫었다. 계집애들한테나 통용되는 표현이기 때문이었다. 나는 남자다운 아이로 인정받고 싶었다. 기사도 정신을 발휘해서 여자애들을 괴롭히는 악동들을 혼내주지는 못할망정, 하다못해 청소시간에 여자애들의 책걸상이라도 가볍게 날라다 주는 존재가 되어보고 싶었다. 그러나 기운을 쓰는 일이라면 그 어떤 일에도 나는 자신이 없었다. 오히려 청소시간에 얼씬거리면 일에 방해가 된다고 귀찮아 할 정도였다.

"우리 학교가 유치원인 줄 아니."

"우리 학교가 땅콩밭인 줄 아니."

나는 작은 체구 때문에 하루도 놀림을 받지 않는 날이 없을 지경이었다.

남자애들은 어떤 놀이를 해도 내가 자기편에 예속되는 불상사를 원치 않았다. 내가 예속되기만 하면 패배는 맡아놓은 당상이었기 때문이다.

"김땅콩은 내 간식이야."

내게는 천적이 하나 있었다. 나는 녀석의 이름만 들어도 오금을 펴지 못할 지경이었다. 녀석이 고양이라면 나는 새앙쥐였다. 녀석이 살모사라면 나는 개구리였다. 장차 어른이 되면 대통령이 되겠다는 녀석이었다. 나를 한 번씩 괴롭힐 때마다 지지자도 한 명씩 늘어난다고 생각하는 모양이었다. 날마다 나를 못살게 구는 일에 혈안이 되어 있었다. 강인탁이라는 녀석이었다.

내가 일학년이었을 때 녀석은 삼학년이었다. 쉬는 시간에 녀석과 마주치는 것을 피하기 위해서 운동장에 나가지 않으면 교실에까지 찾아와서 나를 괴롭히고 가는 녀석이었다.

악착스럽고 다부진 성격이었다. 녀석보다 훨씬 힘이 세고 덩치가 큰 상급생들도 싸우기를 꺼려하는 존재였다. 언젠가 오학년짜리 남자애 하나가 멋모르고 녀석을 때렸다가 머리통에 구멍이 뚫어져서 선혈이 낭자한 모습으로 병원에 실려간 적까지 있었다. 하굣길에 기다리고 있다가 뒤에서 각목으로 있는 힘을 다해 머리통을 가격했다는 소문이었다.

"김땅콩, 오늘도 너에게 중대한 명령을 하달하겠다."

"뭔데."

"저기 가죽잠바 입은 자식 보이지."

"보여."

"당장 가서 쟤 대가리에다 꿀밤 한 대만 먹여주고 올 수 있지."

"형은 왜 그런 걸 나한테만 시키는 거야."

"담력을 길러주기 위해서지 짜샤."

"담력이 뭔데."

"깡다구야."

"나는 깡다구 필요 없는데."

"어쭈. 짜식이 장차 대통령이 될 사람의 명령을 우습게 안다 이 거지. 네가 대신 꿀밤을 먹어두 좋다 이거지."

"한 개만."

"그건 내가 정하는 거지 짜샤."

녀석은 어떤 구실을 붙여서라도 하루에 열 개쯤은 내게 꿀밤을 먹여야만 직성이 풀리는 습관을 가지고 있었다. 장차 녀석이 정말로 대통령이 된다면 내 머리통에다 원자폭탄을 투하하게 되는지도 모른다는 생각이 들었다. 녀석은 나를 만나기만 하면 의도적으로 수행하기 거북한 명령들만 골라서 하달했다. 어떻게 해서든 폭력을 행사할 구실을 만들기 위함인 것 같았다.

"김땅콩, 저기 갈래머리 땋은 계집애 보이지."

"보여."

"가서 팬티가 보이도록 치마를 높이 쳐들어 올릴 수 있지."

"싫어."

"어쭈. 짜식이 장차 대통령이 될 사람의 명령을 우습게 안다 이 거지. 죽사발이 되도록 얻어터져도 좋다 이거지."

꿀밤만으로 직성이 풀리지 않으면 무차별로 주먹질과 발길질을 가해 올 때도 있었다. 특히 여자애들이 보고 있으면 더욱 난폭한 행동을 일삼았다. 나는 숨쉬는 타깃이었고, 말하는 샌드백이었다. 그러나 아무에게도 고자질을 하지는 않았다. 나중에 고자질을 했다는 사실이 알려지면 무슨 보복을 당하는지 알 수가 없었기 때문이었다.

"땅 하고 꿀밤을 먹이면 콩 하고 소리나는 게 뭐어니."

"김따앙코옹."

학교를 마치고 보육원에 가서도 녀석의 마수를 벗어날 수는 없었다. 녀석은 나와 같은 방에 소속되어 있었다. 그야말로 숙명적인 존재가 아닐 수 없었다. 장미실·백합실·민들레실·개나리실·채송화실. 보육원에는 방마다 꽃이름이 붙어 있었다. 내가 기거하고 있는 방은 진달래실이었다. 녀석을 포함해서 나까지 모두 다섯 명의 아이들이 동숙하고 있었다.

"콩은 콩인데 메주도 못 쑤는 콩이 뭐어니."

"김따앙코옹."

아이들은 모조리 녀석과 한패였다. 틈만 있으면 문답식으로 나를 조롱하면서 번갈아 머리통에 꿀밤을 먹이곤 했다. 한결같이 진달래와는 너무나 거리가 먼 감성들을 가지고 있었다. 행동도 거칠었고 말씨도 거칠었다.

"저리 비켜 썹새꺄."

마치 욕지거리를 잘 해야만 존경스러운 인물로 추앙 받을 수 있다고 생각하는 아이들 같았다. 차라리 진달래실이라는 방의 명칭을 엉겅퀴실이나 질경이실로 바꿔놓아야만 제격일 것 같았다.

나는 보육원 후미진 담벼락에다 은밀히 눈금을 표시해 놓고 틈만 나면 남몰래 키를 재보는 습관을 가지고 있었다. 내 별명은 땅콩이었지만 내 소망은 킹콩이었다. 그러나 담벼락의 눈금은 조금도 변화되지 않았다. 땅콩은 영원히 킹콩이 될 수 없는 모양이었다. 나는 하나님이 소문보다는 은혜롭지 않다는 사실을 하루에도 몇 번씩 적감하고 있었다. 차라리 엿아워 시절로, 되돌아가고 싶은 생각이 간절했다. 그러나 시계를 거꾸로 되돌릴 수는 있어도 시간을 거꾸로 되돌릴 수는 없었다.

나는 아이들에게 조롱을 당할 때마다 탈출을 꿈꾸기 시작했다. 오직 보육원을 떠나는 길만이 유일한 대비책일 것 같았다. 그러나 막연했다. 아직 세상은 내게 공포의 수렁이었다. 무작정 보육원을 탈출했다가는 무슨 일을 당할는지 알 수가 없었다. 어느 정도 세상에 대해 익숙해질 때까지 괴롭더라도 인내심을 가지고 보육원 신세를 지는 수밖에 없다는 생각이 들었다. 조롱과 꿀밤을 견디는 수밖에 없다는 생각이 들었다.

겨울방학 때였다. 사흘째 내 소유의 닭들이 계란을 한 개도 낳지 않고 있었다. 간혹 한두 마리가 계란을 낳지 않는 경우는 있었지만, 다섯 마리가 모두 계란을 낳지 않는 경우는 드물었다. 텅 빈 산란대를 볼 때마다 나는 울고 싶은 심정이었다.

나흘째 되는 날이었다. 나는 새벽 예배에 참석하지 않았다. 양계장에 숨어서 동태를 살피고 있었다. 내 계란은 분명히 다섯 개가 산란대에 고스란히 남아 있었다. 나는 누군가가 내 계란을 훔쳐갔

을지도 모른다는 추측을 하고 있었다. 아니나 다를까. 십여 분쯤이 지나자 녀석이 양계장에 나타났다. 그리고 전혀 경계하는 기색도 없이 곧장 내 계란이 있는 산란대로 접근했다. 녀석의 손에는 신발 주머니가 들려 있었다.

녀석은 태연히 내 계란을 신발주머니에다 집어넣고, 한 개를 이빨로 깨뜨린 다음 꼴깍꼴깍 빨아먹기 시작했다. 나는 제정신이 아니었다. 뜨거운 분노가 목구멍까지 치밀어 오르고 있었다. 호흡이 거칠어지고 있었다. 숨통이 막혀왔다. 혈관까지 파열해 버릴 지경이었다.

나는 자신도 알 수 없는 괴성을 지르면서 녀석에게로 돌진했다. 그리고 용수철처럼 퉁겨져 오르면서 녀석의 귀를 물고 늘어진 채 실신해 버리고 말았다.

4
탈출 동기

"일종의 보상심리 때문이 아니었을까. 인탁이도 일학년 때는 동명이처럼 전교에서 키가 제일 작은 아이였지. 언제나 주위 사람들의 귀여움을 독차지했어. 그러나 나이가 들면서 차츰 주위 사람들의 관심이 줄어들기 시작했지. 인탁이는 그 이유를 나이 때문이라고는 생각지 않았을 거야. 아마도 동명이가 나타났기 때문이라고 생각했겠지."

양계장에서 녀석의 귀를 물고 실신한 뒤로 양호실에서 이틀 동안 신열을 앓으며 누워 있을 때 누군가 그렇게 말하는 소리를 들은 적이 있었다. 녀석은 양계장 사건 이후로 진달래실에서 민들레실로 방을 옮기게 되었다. 그러나 여전히 나에 대한 놀림과 꿀밤만은 중단하지 않았다.

"김따앙코옹."

"꿀바암코옹."

코옹 소리 끝에는 반드시 내 머리통으로 불똥이 한 개씩 떨어져 내렸다. 거룩하고 은혜로우신 하나님은 나를 녀석의 매받이로 이 세상에 내려보내신 모양이었다. 이학년이 끝나갈 무렵에는 머리통에 굳은살이 박혀서 어지간한 강도의 꿀밤에는 감각조차 느낄 수가 없을 지경이었다.

나는 녀석 때문에 몇 번이나 보육원을 탈출하고 싶었으나 차마 실행에 옮기지는 못하고 있었다. 용기가 생겨주지 않아서였다. 지구가 멸망하는 그 순간까지 나는 녀석 앞에서 고양이와 새앙쥐, 또는 살모사와 개구리의 관계로 남아 있어야 할 것 같았다.

그런데 갑자기 전혀 예상치도 못했던 이변이 일어났다. 녀석이 먼저 보육원을 탈출해 버리고 말았던 것이다.

보육사들은 평소 탈출을 미연에 방지하기 위한 개인상담이나 소양교육을 게을리 하지 않았다. 그러나 완벽한 성과를 거두지는 못했다. 도벽이나 오줌싸개나 성행위 등의 발각으로 극심한 수치감을 견딜 수 없는 입장이 되었을 때, 자기가 좋아하는 보육사나 직원이 개인적인 사유로 보육원을 사직하게 되었을 때, 외부세계에 대한 동경심이 애드벌룬처럼 부풀어 올라서 주야로 가슴을 설레게 할 때, 집단적으로 구타를 당하거나 따돌림을 받거나 놀림감이 되었을 때, 짜장면 배달원이나 당구장 종업원이나 오락실 점원 등이 존경의 대상으로 보여질 때, 모험심이나 영웅심이나 자만심이 합세해서 망상을 부추길 때, 원생들은 탈출을 꿈꾸는 성향을 가지고 있었다.

보육원에서 보름치 용돈이 지급되었던 어느 날이었다. 녀석은 야밤을 틈타 옆방으로 침입해 다른 아이들의 호주머니를 털었고, 그 사실이 탄로나자 어디론가 종적을 감추어버리고 말았다. 동시에 나는 통일행진곡의 한 소절처럼 압박과 설움에서 해방된 민족이 되었다. 녀석은 오래도록 아무런 소식도 없었다. 나는 이제야 하나님이 진실로 거룩하고 은혜로운 존재라는 사실을 실감할 수 있게 되었다.

문은숙 선생님이 나타나기 한 달 전에 일어났던 일이었다.

문은숙 선생님은 내가 삼학년이 되던 해의 여름방학 때부터 매주 토요일 오후만 되면 보육원으로 출근해서 원생들에게 그림을 지도해 주던 자원봉사자였다. 미술대학을 졸업하고, 신림동 어딘가에서 개인화실을 경영하는 화가지망생으로 알려져 있었다. 미혼이었다. 언제나 청바지에 티셔츠 차림을 하고 있었다. 자상하면서도 명랑한 성격이었다. 원생들의 기분을 자유자재로 조정할 수 있는 재능도 가지고 있었다. 문은숙 선생님을 좋아하지 않는 원생은 아무도 없었다.

"선생님이 어떤 사람을 제일 싫어한다고 했었지요."

"남을 놀리는 사람이요."

"선생님은 앞으로 김동명이를 김땅콩이라고 부르는 사람과는 절대로 말을 하지 않겠어요."

문은숙 선생님이 그렇게 선포한 다음부터 나를 김땅콩이라고 부르는 원생이 모조리 자취를 감추어버렸을 정도였다. 왜 문은숙 선생님은 녀석이 보육원에서 사라져버린 다음에야 나타났을까. 당연히 나는 문은숙 선생님을 열렬히 추종하는 광신도가 되지 않을 수 없었다. 아침에 눈을 뜨기만 하면 먼저 달력부터 쳐다보았다. 토요일이 며칠이나 남았는가를 확인하기 위해서였다.

"김동명이는 누구 얼굴을 이렇게 드라큘라처럼 그려놓았지."

"강인탁이요."

"강인탁이가 누구지."

"보육원 진달래실에서 같이 살던 형이요."

"날카로운 이빨을 드러내고 지금 무언가를 먹으려는 순간 같은데."

"제 계란을 훔쳐먹고 있어요."

문은숙 선생님이 가장 기억에 남는 사람의 초상화를 그리라고 했을 때였다. 연고자가 있는 아이들은 대부분 자기 누나의 얼굴이나 자기 이모의 얼굴을 그렸고, 연고자가 없는 아이들은 대부분 영아원 보모의 얼굴이나 학교 선생님의 얼굴을 그렸다. 그러나 나는 강인탁의 얼굴을 그렸다. 내가 보기에도 흉물스러운 초상화였다. 망쳐버렸다는 생각이 들어서 아무에게도 보여주고 싶지 않았다. 차라리 찢어버리고 싶었다.

"이 그림 선생님이 가져도 괜찮겠니."

문은숙 선생님이 그 초상화를 가지고 싶어했을 때도 나는 도저히 그 사실을 믿을 수가 없었다. 내게 용기를 주기 위해 그렇게 건성으로 한번 말해 보았을 뿐이라는 생각이 들었다.

"지금 선생님이 다니고 있는 대학원에다 다음주 수요일까지 논문을 제출해야 하는데, 이 그림을 자료로 첨부했으면 좋겠구나. 괜찮겠지."

건성이 아닌 표정이었다. 나는 거절할 이유가 조금도 없었다. 드라큘라 같은 이빨을 드러내고 계란을 집어삼키려는 녀석의 악마적인 얼굴이 그렇게 존엄한 용도로 쓰일 수 있다는 사실이 자못 의아스러울 뿐이었다.

"다른 그림을 그려드리면 안 되나요."

내가 물었다.

꽃밭 위로 나비들이 날아다니는 그림이라면 자신이 있었다. 교내 미술실기대회에 출품해서 입선으로 상장까지 받은 적이 있었다. 그러나 문은숙 선생님은 오로지 녀석의 악마적인 얼굴만을 필요로 하고 있었다.

"어떤 그림도 이보다 적합하지는 않을 거야."

확신에 찬 목소리였다.

나는 다른 아이들이 부러운 눈초리로 나를 바라보고 있다는 사실을 의식하는 순간 전신에 황홀감이 새벽놀처럼 스며들고 있는 듯한 느낌이었다.

"그런데 강인탁이라는 형은 몇 학년이지. 선생님이 한번도 보지를 못한 것 같은데."

문은숙 선생님이 물었다.

"오학년인데 선생님이 오시기 전에 보육원에서 도망쳐버렸어요."

나는 홀가분한 목소리로 대답했다.

이제 천적은 내 곁에 없었다. 문은숙 선생님이 들고 있는 그림 속에만 남아 있었다.

그러나 녀석이 사라져버렸다고 내 체구가 김킹콩으로 변환되지는 않았다. 어떤 마녀가 성장을 억제시키는 마술이라도 걸어놓은 것이나 아닐까. 내 체구는 일학년 때보다 별로 나아진 부분이 없었다. 보육원 담벼락에다 금을 그어놓고 남몰래 키를 재보는 습관도 여전히 버릴 수가 없었다.

나는 체구가 작다는 사실만 빼고 나면 이제 아무런 불평불만도 없었다. 언제나 마음은 천국이었다. 학교에서도 천국이었고, 보육원에서도 천국이었다. 예배당에서도 천국이었고, 양계장에서도 천국이었다. 일주일에 한 번씩은 어김없이 토요일이 돌아왔기 때문이었다. 나는 밤이면 자주 문은숙 선생님이 나를 양자로 데려가는 꿈을 꾸기도 했다.

"종이학을 천 마리만 접으면 소원이 이루어진대."

보육원에는 종이학을 접는 아이들이 많았다. 친부모나 양부모를 만나고 싶은 소망 때문이었다. 정말로 소망이 이루어진 아이들도 더러 있다는 소문이었다. 나도 언제부터인가 종이학을 접기 시작했다. 문은숙 선생님과 영원히 헤어지지 않기를 바라는 마음에서였다.

날씨가 몹시 추운 어느 겨울날이었다.

나는 방학숙제를 하고 있었다. 그런데 갑자기 바깥이 술렁거리기 시작했다. 강인탁이가 돌아왔다고 누군가 복도에서 소리치고 있었다. 나는 순간적으로 가슴이 철렁 내려앉고 있었다. 황급히 창밖을 내다보니 녀석이 정복 경찰관 두 명을 대동하고 원장실 쪽으로 걸어가고 있었다. 멀리서 보기에도 형편없는 몰골이었다. 어딘지 모르게 전과는 판이하게 다른 분위기를 풍기고 있었다. 다음날부터 원생들은 녀석에 관한 소문을 퍼뜨리기에 여념이 없었다.

"처음에는 서커스단에 들어가서 곡예를 배웠다더라."

"좋겠다."

"날마다 채찍으로 얻어맞아서 살가죽이 찢어지고 피가 철철 흘렀다는데 도대체 좋기는 뭐가 좋으냐."

"외발자전거 타는 법도 배웠을까."

"모르지."

소문에 의하면 녀석은 보육원을 탈출해서 어느 서커스단에 들어가게 되었던 모양이었다. 그러나 서커스단은 경영악화로 문을 닫아버렸고, 단장은 심한 학대를 거듭하면서 녀석을 야간업소로 보내 돈을 벌어오도록 종용했던 모양이었다.

"하루도 매를 맞지 않는 날이 없었다더라."

"얼마나 매를 많이 맞았는지, 지금도 온몸이 시커먼 멍투성이라더라."

"정신도 약간 이상해졌다던데."

"살이 찌면 곡예를 못한다고 밥도 하루에 한 끼씩밖에 주지 않았다는 거야."

"간에 옴이 올라 긁지도 못하고 죽을 놈들."

원생들에게 전통적으로 구전되는 욕설이었다. 가장 큰 저주가 담겨 있는 욕설로 인식되고 있었다. 그러나 원생들의 입에서 욕설이 퍼부어지기도 전에 그간에 옴이 올라 긁지도 못하고 죽을 놈들은 모조리 감옥으로 직행을 한 모양이었다. 녀석이 간신히 도망쳐 나와 파출소에 신고를 했기 때문이라는 것이었다. 신문에 보도까지 된 모양이었다. 감옥살이를 하면서 간에 옴이 올라 긁지도 못하고 죽는다면 얼마나 진저리가 쳐질까. 원생들은 모두 통쾌한 표정을 짓고 있었지만, 나는 오히려 불안감을 떨쳐버릴 수 없었다. 다시 녀석에게 시달림을 받게 되리라는 생각 때문이었다.

그러나 기우였다. 나는 화장실 앞에서 녀석과 정면으로 마주치게 되었는데, 녀석은 나를 괴롭힐 만한 기력을 완전히 상실해 버린 모습이었다. 그간에 옴이 올라 긁지도 못하고 죽을 놈들에게 얼마나 모진 학대를 받았는지 피골이 상접해 있는 모습이었다. 뿐만 아니라 기운도 정신도 모조리 상실해 버린 듯한 표정이었다. 녀석은 이제 발톱이 빠져버린 고양이였고, 이빨이 빠져버린 살모사였다. 천적을 앞에 두고도 무기력해 보이는 눈빛이었다.

다음날 녀석은 신경정신과로 후송되었다. 모진 학대로 인한 대인기피증과 피해망상증 등의 정신장애 때문이라는 것이었다.

"거룩하고 은혜로우신 하나님 아버지시여. 악마의 소굴에서 용감하게 탈출하여 당신의 품속으로 다시 돌아온 한 마리 어린양은 지금 고통 속에서 신음하고 있나이다."

원장은 하루도 빼놓지 않고 새벽 예배시간이면 녀석을 위해 기도했다. 나는 갈등에 사로잡혀 있었다. 녀석이 회복되지 않기를 빌자니 양심의 가책을 받지 않을 수 없었고, 녀석이 회복되기를 빌자니 앞으로 시달림을 받게 될 일이 걱정이었다.

"여러분의 간절한 기도를 하나님께서 받아들이신 걸로 저는 확신하고 있습니다."

겨울이 끝나갈 무렵이었다. 녀석이 입원한 지 두 달이 경과하고 있었다. 면회를 다녀온 원장이 새벽 예배시간을 통해 녀석에 대한 소식을 전해 주었다. 상태가 매우 호전되어서 한 달 정도만 시일이 지나면 퇴원하게 되리라는 것이었다. 나는 시일이 지날수록 차츰 불안감이 고조되고 있었다. 녀석은 서커스단에서 모진 시달림을 받았기 때문에 회복되면 전보다 몇 배나 더 성격이 잔인하게 변할 수도 있을 것 같았다. 나는 한 달만 있으면 폭발하도록 장치된 시한폭탄을 끌어안고 하루하루를 보내고 있는 듯한 기분이었다. 밤마다 잠이 오지 않았다.

나는 문은숙 선생님에게 고민을 털어놓는 수밖에 없다는 결론에 도달하게 되었다. 문은숙 선생님이라면 틀림없이 나의 방패가 되어주리라는 생각이 들었기 때문이었다.

그런데 녀석의 퇴원보다 더 두려운 사건이 나를 기다리고 있었다. 토요일 오후가 되었는데도 문은숙 선생님이 나타나지 않았다. 밤중이 되었는데도 아무런 소식이 없었다. 도대체 무슨 변고가 생긴 것일까. 누구에게 물어도 대답해 주는 사람이 없었다. 원장에게도 물어보았고 총무에게도 물어보았다. 직원들에게도 물어보았고 보육사들에게도 물어보았다. 그러나 제대로 알고 있는 사람은 아무도 없었다.

"피치 못할 사정이 있으시겠지."

한결같이 그런 식의 대답들뿐이었다. 주소를 아는 사람도 없었고, 연고를 아는 사람도 없었다. 몇 번 보육원을 몰래 빠져나가 신림동 일대를 헤매어보기도 했으나 아무런 소용이 없었다. 나는 밤낮을 가리지 않고 종이학을 접는 일에 몰두해 있었다. 그러나 천 마리가 넘었는데도 문은숙 선생님은 나타나지 않았다. 다음주에도 나타나지 않았고, 그 다음주에도 나타나지 않았다. 나는 시간이 흐를수록 감당할 수 없는 상실감에 빠져들고 있었다.

"그동안 여러분은 문은숙 선생님에 대해서 몹시 궁금하셨으리라고 생각됩니다. 문은숙 선생님은 프랑스에서 유학중인 청년 화가와 지난달에 결혼을 하시게 되었기 때문에 앞으로 자원봉사를 나오시지 못하게 되었습니다. 그동안 성심으로 여러분을 보살펴 주신 문은숙 선생님의 행복을 축원하는 마음으로 다같이 하나님께 기도합시다."

녀석의 퇴원이 일주일 정도밖에 남아 있지 않았을 때였다. 원장이 새벽 예배시간에 문은숙 선생님에 대한 소식을 알려주었다. 충격적인 내용이었다. 고등학교에 다니는 형들의 말에 의하면, 그런 일이 있을 때는 원생들의 마음에 동요가 생기는 것을 염려하여 어느 정도 시일이 지난 다음에야 알려주는 것이 상례라는 것이었다. 나는 절망감 때문에 걸음도 제대로 걷지 못할 지경이었다. 봄이었다. 보육원 담벼락 밑으로 개나리가 눈부시게 피어 있었다. 나는 다시 원인불명의 신열로 며칠 동안 양호실에 누워 있었다. 아무 생각도 하고 싶지 않았다. 오직 탈출하고 싶은 충동만이 나를 사로잡고 있었다.

5
거지냐 도둑이냐

나는 보육원을 탈출하면 신문배달원이나 껌팔이로 나설 계획이었다. 그러나 신문배달원은 확실한 거주지와 신원이 보장되어야만 얻어낼 수 있는 직업이었다. 그리고 껌팔이는 최소한 이천 원 정도의 사업자금이라도 확보하고 있어야만 가능하다는 문제점을 가지고 있었다. 모두 나에게는 여의치가 않았다. 신문배달원은 잘못하면 보육원을 탈출했다는 사실이 들통날 우려가 있었으며, 껌팔이는 사업자금이 턱도 없이 모자라는 실정이었다.

보육원을 탈출할 당시에는 호주머니 속에 보름치 용돈 오백 원이 고스란히 남아 있었다. 그러나 버스비로 백 원을 탕진하고 하루에 빵 한 개씩을 사 먹고 나니, 이틀 만에 호주머니 속에는 땡전 한푼도 남아 있지 않게 되었다. 잠은 아무 교회로나 들어가 적당히 해결할 수가 있었다. 교회는 시내에 지천으로 널려 있었다.

그러나 끼니는 아무데서도 해결할 수가 없었다. 사흘째 되는 날부터 나는 물로 배를 채우는 수밖에 없었다. 나는 당혹감에 빠져들기 시작했다. 어디로 갈까. 막막했다. 자동차가 가야 할 방향을 지시하는 화살표는 길목마다 그려져 있었지만, 내가 가야 할 방향을 지시하는 화살표는 어디에도 그려져 있지 않았다. 허기진 배만 채울 수 있다면 차라리 불량배들의 마수에 걸려들어도 좋다는 생각까지 들었다. 나는 날마다 하루 종일 정처없이 걷기만 했다. 나흘째가 되는 날은 허기로 길바닥에 쓰러질 지경이 되어 있었다. 먹을 건 사방에 널려 있었지만, 돈이 없으면 굶어죽더라도 내 입 속으로는 들어올 수가 없었다. 이 세상의 모든 동물이 먹지 않으면 죽어버린다는 사실을 떠올리면서 나는 공포심에 사로잡히고 있었다.

나는 어느새 서울의 낯선 외곽지대에 당도해 있었다. 보육원과는 상당히 먼 거리였다. 하늘이 흐려 있었다. 바람도 불고 있었다. 바람 속에 비 냄새가 섞여 있었다.

나는 거지가 되어 돈을 구걸하느냐, 도둑이 되어 음식을 훔치느냐로 오래도록 고심하고 있었다. 거지보다는 도둑이 나을 것 같았다. 이름난 도둑이 있다는 소리는 들어본 적이 있어도 이름난 거지가 있다는 소리는 들어본 적이 없었다.

나는 도로변의 조그만 구멍가게 앞에서 걸음을 멈추었다. 주인은 보이지 않았다. 열 명의 포졸이 한 명의 도둑을 잡지 못한다는 속담이 어느 정도는 자신감을 부추기고 있었다. 사흘 굶어 도둑질하지 않을 놈 없다는 속담도 어느 정도는 죄책감을 덜어주고 있었다. 배가 터지게 음식을 먹고 난 다음이라면 감옥을 간다고 하더라도 상관이 없을 것 같았다. 그러나 막상 결행을 하려니 가슴이 뛰고 다리가 후들거려서 한 발자국도 움직일 수가 없었다. 그때였다.

"꼬마야."

등뒤에서 갑자기 굵직한 남자의 음성이 내 덜미를 움켜잡고 있었다. 심중을 들켜버린 느낌이었다. 등골에 식은땀이 흐르고 있었다. 그러나 도망치지는 않았다. 도망을 치면 오히려 의심을 받을 것 같았기 때문이었다. 주인일지도 모른다는 생각이 들었다. 애써 태연함을 가장하며 천천히 고개를 돌려보니 휠체어를 탄 사내 하나가 바퀴를 굴리며 내게로 다가오고 있었다.

"저 말인가요."

"다른 사람은 없지 않니."

"왜 그러시는데요."

두 다리가 절단된 마흔 살쯤의 사내였다. 절단된 두 다리 사이에 소주병이 끼워져 있었다. 뚜껑은 닫혀 있었지만 술은 반밖에 남아 있지 않았다. 사내의 얼굴은 술에 검게 절어 있었다. 의복도 후줄그레한 편이었다. 그러나 많이 취해 있는 목소리는 아니었다.

"저기 언덕배기 공중전화 부스까지 아저씨의 휠체어 좀 밀어줄래."

사내가 가리키는 손가락 끝에는 공중전화 부스 한 대가 설치되어 있었다. 제법 가파른 언덕배기였다. 음산한 날씨 때문인지 행인들은 별로 눈에 띄지 않았다.

"택시를 불러야겠는데, 하필이면 공중전화 부스가 언덕배기에 설치되어 있구나."

사내가 난감한 표정을 지어 보이고 있었다.

"밀어드리겠어요."

나는 탈진상태였지만 그렇게 대답해 버리고 말았다. 별로 인상이 고약해 보이지는 않았다. 휠체어를 타고 있는 것으로 보아 불량배 노릇도 할 수 없을 것 같았고, 서커스 단원도 할 수 없을 것 같았다. 그러나 아무래도 상관은 없었다. 누군가 말을 걸어주었다는 사실이 반가울 뿐이었다. 어쩌면 빵이라도 한 개 얻어먹을 수 있는 계기가 되어주는지도 모른다는 생각이 들었다.

"나이가 몇 살이냐."

언덕배기를 오르며 사내가 내게 물었다.

"열한 살이요."

나는 힘겨운 목소리로 대답했다.

"이름은."

"김동명이요."

보육원에서는 벌써 신고처리를 해두었을 것 같았다. 아무에게나 신분을 노출시켜서는 안 된다는 생각이 들었다. 그러나 적당한 가명이 금방 생각나지 않아서 얼떨결에 본명을 말해 버리고 말았다.

"넌 집이 어디냐."

"아저씨, 공중전화를 걸 동전은 준비해 두셨나요."

"언제나 준비해 가지고 다니지."

"동전만 집어삼키고 벙어리가 되어버리는 공중전화가 많거든요."

"부모님은 무얼 하시는 분들이시냐."

"자꾸만 말을 시키면 입 속으로 바람이 들어가서 밀기가 힘들어진다구요."

사내는 왜 대답하기 난처한 질문들만 내게 던지는 것일까. 나는 바람을 빙자해서 사내의 질문을 봉쇄해 버리고 말았다. 그런 쓸데 없는 질문을 던지는 대신에 동전이나 몇 푼 쥐어준다면 얼마나 좋을까. 나는 그런 생각을 하면서도 장애자의 휠체어를 밀어주고 어떤 대가를 기대하는 자신에 대해 혐오스러움을 금할 수가 없었다. 그러나 지독하게 배가 고팠으므로 기대감은 언덕배기를 다 오를 때까지도 의식 속에서 완전히 사라져버리지 않고 있었다. 수고했다는 말 한마디로 때워버리면 어떻게 하나 은근히 걱정까지 될 지경이었다. 굶주림이 인간을 얼마나 치사하게 만드는가를 나는 처음으로 뼈저리게 절감하고 있었다.

"힘들지."

사내는 두 손으로 휠체어 바퀴를 힘주어 굴려대고 있었다.

"아니요."

나는 씩씩하게 대답하고 싶었으나 여의치가 않았다. 숨이 턱에 차오르는 목소리였다. 공중전화 부스 앞에까지 당도했을 때는, 나는 탈진해서 걸음조차 제대로 걷지 못할 지경이었다.

"정말로 고맙구나."

"괜찮아요."

언덕배기에는 바람이 폭도들처럼 몰려다니고 있었다. 바람의 발길질에 걷어채인 휴지들이 나지막이 비명을 지르며 혼비백산 언덕배기 아래로 두말치고 있었다. 사내의 기름기 없는 머리카락도 나폭하게 쥐어뜯기고 있었다.

"비가 올 것 같은데."

사내는 근심어린 표정으로 하늘을 쳐다보았다. 음산한 회색 하늘이 무겁게 침잠하고 있었다. 비가 오면 어떻게 하나. 나는 마음이 어두워지고 있었다.

"이왕 도와주는 김에 한 가지만 더 도와주지 않겠니."

"뭔데요."

"휠체어를 타고 전화를 걸기가 불편해서 그러니까, 네가 대신 좀 걸어주면 고맙겠구나."

사내는 내게 전화번호를 일러주고 백 원짜리 동전 한 개를 내밀었다. 공중전화 부스는 장애자용이 아니었다. 동전을 넣고 번호를 누르니 발신음이 떨어졌다. 나는 나선형 전화선을 최대한으로 늘여서 송수화기를 사내에게로 건네주었다. 사내는 택시회사와 통화를 하고 있었다. 아주 짤막한 내용의 통화였다. 무려 팔십 원이나 요금이 남아 있었다. 나는 재발신 버튼을 누르고 사내에게서 건네받은 송수화기를 받침대 위에다 뉘어놓았다. 남아 있는 팔십 원에 자꾸만 눈길이 가고 있었다. 국화빵 여덟 개를 사먹을 수 있는 거금이었다. 그러나 뱉어내게 할 수는 없었다.

"정말로 고맙구나. 이제 잠시만 기다리면 모범택시가 이리로 오겠지."

사내가 말을 끝내기가 무섭게 후둑후둑 빗방울이 떨어지기 시작하더니 이내 거센 장대비로 변해 버렸다. 불시에 사방이 어두워지고 있었다. 매캐한 먼지 냄새가 맡아져 왔다. 나는 서둘러 사내를 공중전화 부스 옆에 서 있는 플라타너스 밑으로 피신시켰다. 그리고 점퍼를 벗어 우산처럼 머리 위로 펼쳐들었다.

"여러 가지로 신세를 지게 되는구나."

사내는 한 손을 안주머니 속으로 밀어 넣고 있었다. 순간적으로 나는 기대감에 부풀어 오르고 있었다. 틀림없이 어떤 보상이 있을 것만 같았다. 그러나 아니었다. 사내는 어이없게도 한 장의 명함판 사진을 내게 내밀어 보이고 있었다. 영화배우처럼 예쁜 여자 사진이었다. 희고 가지런한 이를 반쯤 드러낸 채 화사한 표정으로 웃고 있었다.

"너 혹시 어디서 이런 여자 본 적이 있니."

사내가 내게 물었다.

"아니요."

내가 고개를 가로저어 보였다.

"내 마누란데 삼 년 전에 도망쳐버렸다."

사내는 허탈한 표정으로 사진을 다시 안주머니 속에다 집어넣었다. 그리고 소주병 뚜껑을 열고 남아 있는 술을 단숨에 모조리 마셔버렸다. 사내가 택시를 타고 떠나버리면 나는 어떻게 해야 할는지 알 수가 없었다. 생각할수록 난감했다. 비는 아까보다 더욱 기세를 더해 가고 있었다. 점퍼를 우산처럼 펼쳐들고 있기는 했지만 비를 완전히 피할 수는 없었다. 전신이 이미 축축해져 오고 있었다. 으슬으슬 하기도 느껴져 왔다. 그러나 무엇보다도 배가 고파서 더 이상은 견딜 수가 없을 지경이었다.

"너 고아원에서 탈출한 아이지."

갑자기 사내가 은밀한 눈빛으로 내게 물었다. 어떻게 알았을까. 나는 깜짝 놀라서 뒤로 나자빠져버릴 지경이었다. 마치 감전이라도 당해 버린 듯 전신이 굳어지고 있었다. 그러나 나는 강경한 어조로 황급히 사내의 추측을 부정하고 있었다.

"아니에요."

나는 당장이라도 도망쳐버리고 싶은 심정이었다.

"내 눈을 속일 수는 없단다."

사내가 말했다.

"아니라니까요."

나는 화난 목소리로 소리치고 있었다.

"정직하게 말해도 괜찮단다. 나도 너만한 나이 때 고아원을 탈출했지. 사흘을 굶고 나니까 눈알이 뒤집혀서 길바닥에 굴러다니는 돌멩이들까지 구운 감자로 보였단다. 세상에서 제일 서러운 게 배고픔이라는 사실을 너도 이제는 잘 알고 있겠구나. 너는 며칠이나 굶었니."

"저는 지금 하나도 배가 고프지 않아요."

나는 부인하고 나서도 자신을 원망하고 있었다. 이러다가는 결국 굶어죽고 말 거라는 생각까지 들었다.

"택시가 오면 식당으로 직행하자. 어떤 음식을 먹을까. 불고기가 좋겠지. 너한테 신세를 진 보답으로 한턱내는 거니까 조금도 부담을 느낄 필요는 없단다. 사양하면 오히려 내가 몹시 미안해질 거야. 알겠니."

부드러운 목소리였다.

나는 이제 부정할 의지도 상실하고 있었고, 도망칠 의지도 상실하고 있었다. 거센 빗줄기를 헤치며 모범택시 한 대가 가파른 언덕길을 기어오르고 있는 광경이 보였다.

"택시가 오는구나. 이제 불고기를 먹으러 가자. 불고기가 괜찮겠지."

나는 대답하지 않았다. 갑자기 견딜 수 없는 서러움만 복받치고 있었다. 택시가 도착하자 사내가 한쪽 팔로 다정하게 내 허리를 감싸안았다. 나는 그만 자제력을 잃어버린 채 으아앙 큰 소리로 울음을 터뜨리고 있었다. 비는 쉽사리 그칠 것 같은 기세가 아니었다.

6
생존법

인간＋돈＝인격체

인간－돈＝산송장

내가 보육원을 탈출해서 뼈저리게 절감한 공식이었다.

7
외로운 자들의 왕국

"나를 아버지라고 부를 수 있겠니."

사내가 물었다.

나는 처음에 무슨 소리인지 잘 알아들을 수가 없었다. 육신도 혼곤해져 있었고, 의식도 혼곤해져 있었다. 불고기에 의한 식곤증 때문이었다. 사내의 집이었다. 아직도 비는 그치지 않고 있었다. 날이 저물고 있었다.

"두 다리가 모두 잘려나간 불구자를 아버지로 삼고 싶지는 않겠지."

사내가 혼자 소주잔을 기울이며 자탄조로 그렇게 말했다.

"아니에요."

나는 황급히 사내의 자탄을 부인하고 있었다.

순식간에 식곤증이 사라져버리면서 명료한 의식이 되살아나고 있었다. 나는 발육부진의 왜소한 체구와 불분명한 출신성분을 가진 고아였다. 아무도 나를 양자로 삼으려 들지 않았다. 사내가 무슨 말을 하고 있는지 알아차리고 나서도 진실이라고 믿기에는 약간의 시간이 필요했다. 몇 분간 장애자의 휠체어를 밀어주었다는 선행 때문이라면 불고기로 충분한 보상이 되었다는 생각을 하고 있었다.

"너만 좋다면 지금부터 나를 아버지라고 불러도 좋다."

사내의 표정은 진지해 보였다.

얼마나 간절했던 소망인가. 나는 지금까지 원장이라는 이름을 가진 직책상의 아버지들 밑에서만 살아왔다. 그 아버지들은 너무나 많은 자녀들을 소유하고 있었기 때문에 오로지 나만을 사랑해 줄 수 있는 여유를 가지고 있지는 않았다. 언제나 나는 목말라 있었다. 오로지 나만을 사랑해 줄 수 있는 양부모가 나타나기만을 학수고대하고 있었다. 나는 사내의 말을 믿을 수가 없었다. 살이라도 꼬집어보고 싶은 심정이었다.

"저, 정말이세요."

나는 다짐을 받듯 사내에게 묻고 있었다.

"정말이지."

사내는 확고부동한 의지가 담긴 목소리로 대답하고 있었다. 나는 밤이 깊어 사내가 잠에 곯아떨어진 다음에도 눈을 감을 수가 없었다. 눈을 감게 되면 잠을 자게 되고, 잠을 자게 되면 일체의 상황이 바뀌어버릴 것 같은 두려움 때문이었다. 잠에서 깨어났을 때 모든 것이 꿈이었다는 사실을 알게 되면 얼마나 허망할까. 그런 생각을 하면서도 나는 자꾸만 감겨오는 눈꺼풀을 들어올릴 수가 없었다.

그러나 꿈이 아니었다. 일주일이 지나도 아버지는 사라지지 않았다. 분명한 현실이었다. 꿈이 일주일 동안이나 지속될 수는 없었다.

"여기도 서울인가요."

"여기는 광명이다."

서울만 아니라면 안심이었다. 탈출한 지 육 개월 정도만 지나면 보육원에서 잠정적으로 제적처리된다는 사실쯤 원생이라면 누구나 알고 있는 상식이었다. 그때까지만 집 안에 조용히 은신하고 있으면 붙잡혀 갈 확률은 거의 없었다. 나는 차츰 새로운 환경에 익숙해져 가고 있었다.

"저건 무슨 산이에요."

"구름산이다."

내가 살고 있는 집은 구름산 밑에 외따로 자리잡고 있었다. 단층 양옥집이었다. 대문 앞까지 자동차가 드나들 수 있도록 길이 잘 닦여져 있었다. 대문의 열쇠구멍도, 방문의 손잡이도 휠체어 높이에 맞추어 설계되어 있었다. 집 안팎의 어느 문에도 문지방은 보이지 않았다. 주방의 싱크대도 야트막한 높이였다.

우리는 모두 세 식구였다. 건넌방에 할머니 한 분이 몸져누워 있었다. 아버지는 눈을 뜨면 제일 먼저 할머니에게 문안인사부터 드리는 습관을 가지고 있었다.

"오늘은 병환이 좀 어떠십니까."

지난 겨울 행려병자로 떠돌다가 길바닥에 쓰러져 신음하고 있는 한머니를, 아버지가 병원에 입원시켜 치료해 드리고 어머니로 모시게 되었다는 것이었다.

할머니는 아직도 완쾌되지 않은 상태였다. 뼈만 앙상하게 남아 있었다. 숨을 가쁘게 몰아쉴 때마다 목구멍에서 가느다란 고양이 울음소리가 들리고 있었다. 이따금 격렬하게 기침을 연발할 때도 있었다. 한번 기침이 터지기 시작하면 거의 탈진상태에까지 이르고야 말았다. 방 안의 모든 사물들까지 진저리를 칠 지경이었다.

"동명이를 호적상의 아들로 입적시킬 방도가 있는지 시청에 한번 들러보려고 합니다. 제가 외출하더라도 파출부에게 부탁을 해두었으니까 아마 잘 보살펴드릴 겁니다."

아버지는 한동안 나의 입양문제와 학교문제로 바쁘게 동분서주하는 모습이었다. 그러나 좀처럼 일이 잘 풀리지 않는 모양이었다. 귀가하면 언제나 암울한 표정으로 소주잔만 기울이고 있었다.

"제가 너무 많은 결격사유를 가지고 있기 때문에 불가능하다는 겁니다. 아무런 해결책도 없었습니다. 입양문제가 해결되지 않으면 학교문제도 해결되지 않습니다. 결국 다른 양부모를 알선해서 정상적인 교육과정을 이수토록 만들든지, 제가 걸어온 방식대로

초지일관 독학으로 검정고시를 패스해서 대학까지 들어가도록 배려해 주는 방법밖에는 없습니다."

어느 날 아버지가 할머니에게 최종적인 경과보고를 드리고 있었다. 실의에 가득 찬 목소리였다.

"저는 죽을 때까지 이 집에서 아버지하고 같이 살 거예요."

나는 기어드는 목소리로 아버지에게 말했다.

아버지는 고개를 깊이 떨군 채 아무 말도 하지 않았다. 나는 울음보라도 터뜨려서 아버지의 확고한 대답을 받아내고 싶었다. 그러나 갑자기 할머니가 격렬한 기침을 터뜨리는 바람에 내 계획은 무산되고 말았다.

그날 밤 나는 좀처럼 잠이 오지 않았다. 방 안에는 짙은 어둠이 누적되어 있었다. 책상 위에 놓여 있는 사발시계가 야광충 같은 눈을 빛내며 째깍째깍 어둠을 갉아먹고 있었다. 아버지도 좀처럼 잠이 오지 않는 모양이었다. 자주 몸을 이리저리 뒤척이고 있었다. 사방이 고요했다. 나는 새벽 세시경이 되어서야 가까스로 잠이 들었다. 보육원에 재입적되어 양계장에서 닭똥을 치우다가 강인탁과 정면으로 마주쳤다. 녀석은 표독스러운 눈초리로 나를 노려보고 있었다. 나는 식은땀을 흘리면서 잠에서 깨어났다. 꿈이었다. 해가 중천에 떠 있었다.

아버지의 모습은 보이지 않았다. 꿈속에서 보았던 녀석의 눈초리가 자꾸만 나를 불안감에 사로잡히게 만들고 있었다. 할머니에게 물어보니 아버지는 시내에 볼일이 있어서 이른 아침부터 외출했다는 대답이었다. 나는 초조해서 견딜 수가 없었다.

"아버지가 선물을 사가지고 왔는데 무언지 한번 알아맞혀 보지 않겠니."

아버지는 점심때가 되어서야 돌아왔다. 그러나 나는 선물을 사왔다는 소리에 가슴부터 어두워지고 있었다. 다른 양부모에게 나를 알선해 주기 전에 우선 마음부터 달래놓을 심산이라고 판단했기 때문이었다.

"저는 죽을 때까지 이 집에서 아버지하고 같이 살 거예요."

나는 어제 했던 말을 다시 한번 되풀이했다. 마음속으로는 단호한 어조로 말할 작정이었다. 그러나 생각과는 정반대였다. 여전히 기어드는 목소리였다.

"아버지도 죽을 때까지 이 집에서 동명이하고 같이 살기로 작정했다."

아버지가 말했다.

활기가 넘치는 목소리였다. 전혀 가식은 느껴지지 않았다. 그래도 나는 안심이 되지 않았다.

아버지가 전자오락기를 꺼내 보였을 때도 별로 달가운 기분은 들지 않았다. 독학에 필요한 책들을 꺼내놓았을 때야 비로소 아버지를 믿을 수가 있었다.

"오늘부터 아버지와 같이 열심히 공부해 보자."

아버지는 우선 내게 천자문부터 외우라고 지시했다. 천자문을 열 자씩 외울 때마다 전자오락기를 한 번씩 만질 수 있다는 조건도 제시되었다. 나는 그날부터 죽어라 하고 천자문만 외우기 시작했다. 전자오락기를 만지고 싶어서가 아니라 아버지를 기쁘게 해드리고 싶어서였다.

눈을 뜨기가 바쁘게

"하늘천. 따지. 검을현. 누를황."

밥을 먹을 때도

"집우. 집주. 넓을홍. 거칠황."

오줌을 누면서도

"날일. 달월. 찰영. 기울측."

나중에는 천장의 사방연속무늬도 천자문이 배열되어 있는 것처럼 보였고, 변기에 오줌 떨어지는 소리도 천자문을 외우는 소리처럼 들렸다. 날마다 아버지가 얼마나 외웠는가를 점검해 보기는 했지만, 나는 일부러 하루에 서너 자씩밖에 외우지 못하는 것처럼 위장하고 있었다.

아버지는 공부에 관해서만은 엄격했다. 반드시 열 자를 넘길 때에만 전자오락기를 만질 수 있도록 허락했다. 한자는 한글보다 몇 배나 복잡한 구조를 가지고 있었다. 그러나 나는 영아원 시절부터 낱말 카드 백 장을 이삼 초 간격으로 한번만 보여주어도 순서 한번 틀리지 않고 모조리 외울 수 있는 기억력을 가지고 있었다. 천자문도 예상보다는 별로 오랜 시일이 걸리지 않았다. 나는 한 달 만에 천자문을 깡그리 외울 수가 있었다.

"천자문을 다 외웠는데요."

"쓸 줄도 알아야지."

"쓸 줄도 알아요."

"어제까지만 하더라도 겨우 백 자밖에 넘어서지 못했었잖니."

아버지는 전혀 믿으려 들지 않았다.

그러나 내가 진짜 실력을 보여드렸을 때 아버지의 놀라움은 이만저만이 아니었다. 마치 두깨비에라도 홀려버린 듯한 표정이었다.

"천재다."

아버지는 신음처럼 한마디를 내뱉고는 숨도 제대로 쉬지 못하고 있었다.

"어머니. 어머니. 어머니."

아버지는 휠체어를 타고 정신없이 건넌방으로 달려가서는 장황하게 사태를 설명하기 시작했다.

"도, 동명이가 말입니다. 처, 천자문을 말입니다. 하, 한 달 만에 모조리 독파해 버리고 말았습니다. 처, 천잽니다."

아버지는 심하게 말까지 더듬거리고 있었다.

"오늘부터 전자오락기를 삶아먹든지 볶아먹든지 네 마음대로 가지고 놀아도 좋다."

아버지는 몹시 상기된 목소리로 그렇게 말했다.

그러나 나는 날마다 배달되는 학습지를 모조리 풀고 난 다음에야 전자오락기에 한눈을 팔았다. 아버지를 기쁘게 만들어드리기 위한 작전이었다. 시간이 흐를수록 공부에 대한 재미도 배가되고 있었다.

"오늘은 날씨가 흐렸으니까 술을 마시지 않을 수 없구나."

아버지는 단 하루도 술을 마시지 않는 날이 없었다.

"날씨가 흐리면 왜 술을 드셔야 하는데요."

"교통사고로 절단된 두 다리가 쑤셔서 견딜 수가 없으니까."

아버지는 어떤 핑계를 대서라도 술을 마시고야 말았다.

"어제는 날씨가 맑았는데도 술을 드셨잖아요."

"날씨가 맑은 날에도 가슴은 쑤시거든."

"교통사고를 당할 때 가슴도 다치셨나요."

"아니다. 가슴은 나한테서 도망쳐버린 여자 때문에 쑤시는 거다."

"진통제를 드시면 되잖아요."

"술이 제일 좋은 진통제야."

아버지는 교통사고를 당하고 난 다음부터 주량이 늘어나기 시작했는데, 설상가상으로 혼자 살게 되면서부터 더욱 절제가 어려워지더라는 것이었다. 그러나 이제는 어머니도 생기고 아들도 생겼으니까 조금씩 절제를 하겠다는 것이었다.

"날씨가 흐린 날은 네 병을 마시고, 날씨가 맑은 날은 두 병을 마시겠다."

"날씨가 흐린 날은 두 병을 드시고, 날씨가 맑은 날은 한 병만 드세요."

아버지는 술에 만취되어도 주정을 하지는 않았다. 다만 잘려나간 무릎에다 얼굴을 파묻고 소리 죽여 흐느끼는 것이 주정의 전부였다.

"내가 제일 두려워하는 게 뭔지 아니."

"신경통이요."

"아니야."

"교통사고요."

"아니야."

"그럼 뭐예요."

"고독이지."

아버지는 대부분의 시간을 나와 함께 보내려고 노력하는 것 같았다. 각자가 단독으로 시간을 보내는 경우는 거의 없었다. 음식도 함께 만들었고, 마당도 함께 쓸었다. 만화책도 함께 보았고, 문제지도 함께 풀었다. 그러나 세대차이는 어쩔 수가 없었다. 전자오락과 술만은 예외였다. 내가 전자오락을 할 때는 아버지가 관객이 되는 수밖에 없었고, 아버지가 술을 마실 때는 내가 관객이 되는 수밖에 없었다. 아버지는 때로 내가 어디론가 홀연히 사라져버리지나 않을까 몹시 불안해지는 모양이었다. 혼자 화장실에라도 들어가 있으면 큰 소리로 내 이름을 불러 소재를 확인한 다음에야 안심하는 기색이었다.

봄이 끝나가고 있었다. 날씨가 더워지고 있었다. 화단에는 눈부신 꽃들이 만개해 있었다. 이따금 나비들이 날개를 팔랑거리며 담벼락을 넘나들고 있었다. 집 뒤 구름산의 나무들이 짙은 초록빛으로 변해 가고 있었다.

8
장마전선

　할머니는 여름에 돌아가셨다.

　매미들이 극성스럽게 울어대기 시작하면서 태양은 발작을 일으키기 시작했고, 태양이 발작을 일으키기 시작하면서 바람은 어디론가 종적을 감추어버리고 말았다. 몇 달째 비가 내리지 않고 있었다. 초목들이 난사되는 햇살에 전신을 내맡긴 채 무기력한 모습으로 질식해 가고 있었다.

　밤마다 모기들이 극성을 부렸다. 창문마다 방충망을 설치해 놓았지만 공습을 피할 수는 없었다. 어딘가에 비밀통로가 있는 모양이었다. 아침에 일어나면 어김없이 피부에 공습을 당한 흔적이 남아 있었다. 식구들 중에서도 아버지가 공습을 당한 흔적이 가장 많았다. 그러나 아버지는 모기향을 피우지 못하게 했다. 모기향을 피우면 할머니의 기침이 심해지기 때문이라는 것이었다. 날이 저물기가 바쁘게 모기장 속으로 들어가는 일만이 안전을 도모하는 최선의 방책이었다.

"모기를 잡아먹는 동물은 없나요."

"틀림없이 있을 거다. 아무리 강한 동물이라두, 천적은 반드시 있기 마련이니까."

"어떤 동물이 모기를 잡아먹을까요."

"그걸 알아서 어디다 쓸 건데."

"방에다 기르려구요."

"기발한 아이디어다. 하지만 실용성이 있다면 벌써 누군가가 양식을 해서 팔아먹고 있겠지."

모기는 왜 그토록 많은 먹이들 중에 하필이면 다른 동물의 피를 빨아먹는 벌레로 태어났을까. 손바닥으로 때려죽여도 전혀 불쌍하다거나 죄스럽다는 생각은 들지 않았다.

"할머니도 고아 출신인가요."

"아니다."

할머니는 고아 출신이 아니라 이북 출신이라는 것이었다. 월남 중에 남편은 머리에 파편을 맞아 즉사하고, 스물두 살에 청상과부가 되어 오늘날까지 온갖 뼈저린 고통을 감내하면서 살아왔다는 것이었다.

"친척들은 아무도 없나요."

"아니다."

남편이 죽은 지 몇 달 후에 유복자를 낳아서 그야말로 금지옥엽처럼 키워놓았더니, 나이가 들자 막돼먹은 여자 하나를 데리고 와서 결혼을 시켜달라고 떼를 쓰더라는 것이었다.

"할머니는 처음부터 극구 반대를 하셨나 보더라."

"왜요."

"마음에 드는 여자가 아니었겠지."

그러나 아들은 그 여자와 결혼시켜 주지 않으면 자살해 버리겠노라고 으름장을 놓더라는 것이었다.

"그래서요."

"결혼을 시켜주었더니 예상대로 며느리의 성깔 때문에 날마다 가정불화가 끊이지를 않았단다."

급기야는 며느리의 구박을 참아내지 못하고 할머니는 집을 뛰쳐나와버린 모양이었다.

"죽는 한이 있더라도 상면을 하지 않겠다는 결심으로 일 년 가까이 문전걸식을 하다가 병까지 얻게 되셨지. 마지막으로 자식의 얼굴이나 한번 보고 죽겠다는 일념으로 찾아가보니, 아들 내외는 집을 팔고 미국으로 이민을 떠나버렸더라는 거야."

나는 할머니가 불쌍해서 견딜 수가 없었다. 어떻게 해서든지 할머니를 기쁘게 해드리고 싶었다. 그러나 마땅한 방법이 생각나지 않았다. 열심히 팔다리를 주물러드리거나 오래도록 부채질을 해드리는 것이 고작이었다.

텔레비전에서는 연일 폭염에 대한 보도로 열을 올리고 있었다. 어느 날은 바닥이 완전히 말라버린 저수지와 떼죽음을 당한 물고기들을 시청자들의 아침 식탁 위에 올려놓기도 했고, 어느 날은 전염병으로 폐사가 된 양돈장과 떼죽음을 당한 돼지들을 시청자들의 저녁 식탁 위에 올려놓기도 했다. 논바닥이 갈라지고 있었다. 벼포기가 타죽어 가고 있었다. 상수도가 고갈되고 있었다. 단수지역이 늘어나고 있었다. 아스팔트가 녹고 있었다. 불쾌지수가 높아지고 있었다. 집에서 폭염을 견디고 있으면 재산을 몰수한다는 법령이라도 공포되었는지, 고속도로는 피서객들의 정체된 차량들로 주차장을 방불케 하고 있었다. 뉴스 시간마다 해수욕장은 인산인해를 이루고 있었다.

"아버지는 직업이 뭐예요."

"지금은 무직이다."

"그런데 무슨 돈으로 먹고 살아요."

"옛날에 벌어놓았던 돈으로 먹고 살지."

"옛날에는 직업이 있었나요."

"있었지."

"어떤 직업인데요."

"재산분배업이라는 직업이었다."

"사장이었나요."

"회장이었지."

우리 식구들은 줄곧 집 안에만 틀어박혀 있었다. 필요한 물건들은 대개 전화만 걸면 신속하게 배달되었다. 생활에 별로 불편함을 느낄 수가 없었다. 나는 친구가 없었지만 절대로 무료하지는 않았다. 아버지와 방 안에서 조립식 장난감을 가지고 놀거나, 마당에서 다트게임 따위를 하고 있으면 시간 가는 줄을 모를 지경이었다. 공부를 할 때도 마찬가지였다. 내가 조금만 진전을 보여도 아버지는 감탄과 칭찬을 아끼지 않았기 때문에 학교에서처럼 공부가 결코 지겹게 느껴지지는 않았다. 이 세상에 있는 학교들을 모조리 불태워버린다면 아이들은 얼마나 행복해질까. 나는 학교를 다니지 않는다는 사실을 크나큰 축복으로 받아들이고 있었다. 놀림을 받을 염려도 없었으며, 시달림을 받을 염려도 없었다.

단지 더위만이 문제였다. 아버지는 선풍기조차도 자주 사용하려 들지 않았다. 할머니의 건강을 해칠 우려가 있다는 이유에서였다. 아버지는 부채질을 열심히 해드리는 방법만이 할머니의 건강을 해치지 않는 유일한 피서법이라는 주장이었다. 아버지는 냉장고에다 얼음을 얼려 자주 수박화채를 내게 만들어주기도 했다.

"이런 날씨에는 물이 가득 담긴 대야에 발을 담그고 소주를 마시면 제격인데, 아버지는 발이 없으니 소주만 마셔야겠다. 발은 동명이가 대신 담그고 있거라."

아버지는 어떤 구실을 붙여서든 술을 거르는 날이 없었다. 나는 빈 소주병을 담벼락 밑에다 보초병들처럼 일렬횡대로 도열시켜 놓았다. 보초병들은 날마다 증원되어졌으며, 불과 두 달 만에 집 주위를 세 겹으로 철통같이 에워싸게 되었다. 보초병들은 땡볕 속에서도 영악스럽게 눈알을 번뜩거리며 경계태세에 만전을 기하고 있었다. 그러나 침입자는 아무도 없었다. 우리 식구들은 고립되어 있었다.

"아버지는 이제 세상이 싫어졌다."

"왜요."

"아버지는 세상이 갈수록 따스해지기를 바라지만 정작 세상은 갈수록 냉랭해지고 있기 때문이지."

나는 어린 소견으로도 아버지의 심중을 충분히 헤아릴 수가 있을 것 같았다. 아버지는 술을 마실 때면 언제나 세상으로부터 버림받은 사람처럼 고적한 모습이었다. 그런 모습을 볼 때마다 나는 마음이 울적해져서 그토록 재미있는 전자오락조차도 시들하게만 느껴질 뿐이었다. 세상이 된장찌개라도 된다면 당장 가스레인지에 올려놓고 아버지가 바라시는 대로 따스하게 만들어드릴 수가 있겠지만 세상은 결코 된장찌개가 아니었다. 지금의 나로서는 불가항력적인 존재일 뿐이었다. 아무런 영향력도 미칠 수가 없었다.

오래도록 가뭄이 계속되고 있었다.

단수로 인해 수돗물이 나오지 않는 시간이 점차로 많아져 갔다. 화장실에서 물을 아껴 씁시다. 목욕탕에서 물을 아껴 씁시다. 조리대에서 물을 아껴 씁시다. 각 가정마다 물을 아껴 쓴다면 연간 오천억 원 정도의 돈을 절약할 수 있으며, 대청댐 규모의 인공댐 하나를 신설할 수가 있습니다. 방송국마다 캠페인이 벌어지고 있었다. 마치 각 가정마다 물을 아껴 쓰지 않았기 때문에 가뭄을 초래한 것 같은 죄책감까지 느껴지게 만들 정도였다. 화장실 물탱크에 벽돌을 넣어두는 법. 욕탕에서 목욕 시간을 단축시키는 법. 조리대에서 물을 받아놓고 쓰는 법. 여러 가지 절수법들도 소개되고 있었다. 그때까지만 하더라도 집 안에는 아무런 변화도 일어나지 않았다.

그런데 며칠간 날씨가 흐려지기 시작하면서 재앙도 차츰 고개를 쳐들기 시작했다. 매미들의 울음소리가 뜸해지더니 종적을 감추었던 바람이 회색구름을 몰아오고 있었다. 담벼락 밑으로 개미들이 줄지어 어디론가 이동하고 있었다. 나비들도 보이지 않았다. 하늘이 무거운 회색으로 낮게 내려앉아 있었다. 텔레비전에서는 다시 장마에 대한 대비책에 대해 이구동성으로 떠들어대기 시작했다. 그러나 아직 비는 내리지 않고 있었다. 후텁지근한 날씨 속에서 습기찬 바람만 마당가의 화초들을 흔들어대고 있었다.

날씨가 변하면서 할머니의 병세도 급작스럽게 악화되기 시작했다. 아버지가 몇 번 병원에 모시고 가기는 했지만 병세는 호전되지 않았다. 호흡도 가빠져 있었고, 기침도 격렬해져 있었다. 한번 기침이 터지기 시작하면 금방이라도 숨이 넘어가버릴 것 같았다. 음식도 제대로 소화하지 못했고, 거동도 몹시 불편한 상태였다. 이따금 경련을 일으키며 사지가 뒤틀리는 수도 있었다. 한참 동안 전신을 주물러드려야만 겨우 진정이 되었다. 할머니는 밤새도록 고통스러운 신음소리를 연발했다. 차츰 말도 하지 못하고, 사람도 알아보지 못하는 때가 많아져 갔다. 불과 며칠 사이에 생겨난 일이었다.

"생명에는 지장이 없겠습니까."

"병원에 가면 박사님들이 최선을 다해 드릴 겁니다."

"김 선생이 그쪽을 약간만 낮추세요."

"이제 밖으로 나갑시다."

어느 날 밤이었다. 나는 사람들이 술렁거리는 소리에 잠을 깼었다. 방 안에는 심상치 않은 긴장감이 감돌고 있었다. 아버지의 표정은 경직되어 있었다. 하얀 가운을 걸친 사람들이 민첩하고 능숙한 동작으로 할머니를 앰뷸런스에 옮겨 싣고 있었다. 할머니는 인사불성이었다. 앰뷸런스가 마당까지 들어와 시동을 걸어놓은 채 비상등을 깜빡거리고 있었다. 외부인이 마당까지 들어온 것은 이번이 처음이었다.

"동명이가 혼자 집에 남아 있어야 되겠다. 아버지가 병원에 도착하면 전화로 경과를 알려줄 터이니 너무 걱정하지 말아라. 동명이는 사내 대장부니까 혼자서도 집을 지킬 수 있겠지."

아버지는 애써 당혹감을 감추고 있는 기색이 역력했다.

"문제없어요, 아버지."

나는 일부러 용감한 목소리로 아버지를 격려해 드렸다. 아버지가 조무사들의 도움을 받아 휠체어와 함께 앰뷸런스에 탑승하고 있었다. 문이 닫혔다. 앰뷸런스는 서둘러 마당을 빠져나가기 시작했다. 불시에 온 집 안이 무거운 어둠에 짓눌린 채로 정적 속에 잠겨들었다. 마당 귀퉁이에 서 있던 노간주나무가 어둠 속에서 도둑처럼 성큼성큼 내게로 걸어오고 있었다. 나는 황급히 방 안으로 들어와 모든 문들을 걸어 잠그고 날이 새기만을 기다리고 있었다.

한 시간쯤 지나서야 아버지로부터 전화가 걸려왔다. 할머니는 지금 입원치료 중이지만 경과가 어떻게 될는지는 확실히 알 수가 없다는 내용이었다. 나는 좀처럼 잠이 오지 않았다. 새벽이 되자 억수 같은 비가 쏟아지기 시작했다. 텔레비전을 틀어보았으나 말소리를 하나도 알아들을 수 없는 미군방송만 잡혔다. 다른 방송국 화면에는 아무런 영상도 잡히지 않았다. 채널을 돌릴 때마다 빈 화면 속에서 쏴아 하는 빗소리만 범람하고 있었다.

"조금 전에 할머니가 돌아가셨다."

아침에 아버지로부터 할머니의 죽음을 알리는 전화가 걸려왔다. 울먹이는 목소리였다. 바깥에는 여전히 억수 같은 비가 쏟아지고 있었다. 유리창 너머로 도시가 물안개에 잠겨서 흐리게 지워지고 있었다.

9
폭음의 세월

"아버지는 무슨 대학을 나오셨어요."

"대학을 들어가기는 했는데 나오지는 못했다."

"왜요."

"아버지에게는 대학이 너무 과분하다는 생각이 들었기 때문이지. 이학년까지 다니다가 중퇴해 버렸다. 삼류대학이었지. 졸업을 했더라도 별로 신통한 대접은 받지 못했을 거야. 그때는 일류대학을 나오고도 취직자리를 구하지 못해서 백수건달로 지내는 사람들이 많았으니까."

"아버지는 어릴 때 어른이 되면 뭐가 되고 싶으셨는데요."

"전투기 조종사가 되고 싶었지."

아버지는 전투기에 관해서라면 어떤 질문에도 막힘이 없었다. 모든 기종들의 운동성·고도성·돌진력·탑재력을 수치까지 정확하게 제시할 수가 있었으며, 발달과정과 실전사례를 연도별로 소상하게 열거할 수도 있었다. 한마디로 아버지는 전투기의 과거와 현재와 미래가 빠짐없이 수록되어 있는 인간 백과사전이었다. 전투기 전문 제작회사나 공군 사관학교에서 특별 자문위원이나 전문 교수직을 맡긴다고 하더라도 전혀 하자가 없을 정도로 해박한 지식을 가지고 있었다.

그러나 아버지는 지겹도록 열차를 타보기는 했지만 비행기는 한 번도 타본 적이 없다는 고백이었다.

"열차는 어릴 때 내 생활의 전부였다. 열차에서 눈을 뜨고, 열차에서 밥을 먹고, 열차에서 구걸을 하고, 열차에서 잠을 자는 생활이 한동안 계속되었지. 날마다 비참했다. 먹고 살기 위한 명목으로 더러는 나쁜 일도 불사했지. 어쩌다 무지막지한 불량배나 성질 더러운 역무원에게 초주검이 되도록 얻어터지는 수도 있었다. 하지만 나는 가난을 물리칠 만한 기술도 가지고 있지 못했고, 폭력에 대적할 만한 능력도 가지고 있지 못했다. 언제부터인가 나는 전투기 조종사를 꿈꾸기 시작했지. 열차가 나의 현실이었다면 전투기는 나의 이상이었다. 내 잠재의식 속에는 현실에 무자비한 폭격을 가하고 싶은 충동만 가슴에 팽대해 있었다."

그때는 올라가지도 못할 나무는 쳐다보지도 말라는 속담이나, 송충이는 솔잎만 먹고 살아야 한다는 속담 따위는 전혀 귀에 들리지도 않았다는 것이었다. 그러나 꿈이란 대개 현실을 망각한 몽상의 언덕 위에 번성하는 오아시스로서 세월이 지나면 점차로 선명해지는 현실감에 짓눌려 절로 사멸해 버리는 신기루가 되고 만다는 것이었다.

"이제 아버지도 주어진 현실에 만족하면서 살아가는 방법밖에 없다는 결론에 도달하게 되었다. 내게 있어서 꿈과 현실 사이의 거리는 휠체어와 전투기의 거리만큼 요원한 것이었다."

아버지는 할머니가 돌아가시기 전과는 많이 달라져 있는 것 같았다. 할머니가 돌아가시기 전에는 내가 전자오락으로 전투기를 조종하면 지대한 관심을 가지고 곁에서 진두지휘에 열을 올리는 습관을 가지고 있었다. 아버지는 구두로만 전투기를 조종하는 편대장이었다. 현재 점수 십만점 돌파. 열한 시 방향에 적기 출현. 미사일 발사. 불발. 불발. 고도를 낮추어라. 에그. 당했다.

"아버지도 한번 조종해 보세요."

"오락기 만든 사람이 욕하지 않을까."

아버지는 몇 번 도전을 시도해 본 적까지 있었다. 물론 그때마다 십 초를 넘기는 적이 거의 없었다. 대개 버튼을 황급히 더듬다보면 순식간에 게임오버가 되고 말았다. 그래도 아버지는 편대장 역할만은 포기한 적이 없었다. 그러나 할머니가 돌아가시고부터는 매사에 의욕을 상실한 표정이었다.

"아버지의 시대는 한물갔다. 인생은 풍선껌이야. 씹다 보면 단물이 빠져버리고, 불다 보면 풀썩 꺼져버리는 풍선껌이지. 오직 변하지 않는 것은 술밖에 없다."

아버지는 허무주의자로 변해 있었다. 몇 달 동안 인사불성으로 술을 마셨다. 아무리 만류해도 소용이 없었다. 만취되면 화장실까지 낮은 포복으로 기어가 고통스럽게 구토를 연발하고, 진정되면 다시 술상까지 낮은 포복으로 돌아와 병나발을 불었다. 아침이면 냉수를 한 사발씩이나 벌컥벌컥 들이키면서도 정작 다른 음식물은 한 숟가락도 목구멍에 넘기지 못하는 실정이었다. 맨정신에는 어떤 음식물이든 입에 대기만 하면 구역질을 해버리기 일쑤였다. 가을이 끝나갈 무렵에는 수전증까지 생겨나서 제멋대로 손이 떨리는 바람에 맨정신에는 술잔조차 제대로 잡을 수가 없는 형편이다. 그러나 술만 마시면 거짓말처럼 상태가 달라졌다. 식욕도 왕성해졌고, 수전증도 사라져버렸다.

"요양원에서 몇 달간 치료를 받아야 한다는구나."

어느 날 외출에서 돌아온 아버지가 우울한 목소리로 말했다. 병원을 다녀온 모양이었다. 그러나 아버지는 며칠 동안 전화기를 붙들고 요양원에서 치료를 받지 않고도 완치될 수 있는 방법이 있는가를 백방으로 수소문해 보고 있었다.

그러던 어느 날이었다.

낯선 방문객 하나가 아버지를 찾아왔다. 초인종 소리를 듣고 밖으로 나가보니 검은색 선글라스를 낀 삼십대 중반쯤의 맹인 하나가 대문 밖에 서 있었다.

"지압사가 필요하시다고 해서 왔습니다."

결국 아버지는 맹인 지압사에게 치료를 의뢰하기로 작정한 모양이었다.

나는 처음에 그가 정상적인 시력을 가지고 있는 것으로 착각했다. 대문을 열어주자 알루미늄 지팡이를 더듬거리며 마당 안으로 들어오기는 했지만,

"아직도 국화가 피어 있구나."

잠시 걸음을 멈추고는 담벼락 쪽으로 고개를 돌린 채 그렇게 말했기 때문이었다. 사실이었다. 담벼락 밑에는 국화만 아직도 선명한 빛깔을 유지하고 있었다. 다른 꽃들은 이미 져버린 지 오래였다.

"보이시나요."

"보이지 않는다."

"그런데 국화가 피어 있는 걸 어떻게 아셨어요."

"꽃이 있는 곳에는 당연히 향기도 있는 법이니까."

나는 은근히 경외감을 느끼지 않을 수 없었다.

다음날부터 지압사는 정확하게 오후 두시만 되면 대문에 도착해서 초인종을 눌렀다. 그는 아버지의 수전증이 술 때문이라고 진단했다. 아버지는 알콜중독 상태라는 것이었다. 간도 심하게 기능이 저하되어 있다는 것이었다.

"쉽게 피로감을 느끼십니까."

"그렇습니다."

"음식물의 냄새를 맡았을 때 구역질이 자주 납니까."

"그렇습니다."

"소변이 탁합니까."

"그렇습니다."

"혹시 전보다 시력이 현저하게 저하되지는 않았습니까."

"그렇습니다."

"약주를 끊으시지 않는 한 병세는 절대로 호전되지 않습니다."

지압사는 하루에도 몇 번씩이나 술을 끊어야 한다는 말을 되풀이했다. 아버지의 간은 지금 위험상태에 육박해 있다는 것이었다. 그래도 아버지는 완전히 술을 끊지 못하고 있었다. 단지 양만 조금 줄였을 뿐이었다. 지압사는 하루 두 시간씩 혼신을 다해서 아버지를 지압해 드렸다. 지압이 끝나면 언제나 전신이 땀으로 범벅이 되어 있었다.

"힘드시지요."

"물론 힘들기는 하지요. 그래도 배울 때를 생각하면 신선놀음이나 다름이 없습니다."

"배울 때는 어떠셨는데요."

"통나무를 상대로 삼 년 동안 지압을 했고, 바위를 상대로 삼 년 동안 지압을 했습니다. 손톱 밑에서 수십 번이나 피를 흘리고 나서야, 비로소 사람을 지압해도 좋다는 허락을 받아낼 수가 있었습니다."

"누구한테 배우셨습니까."

"강원도 정선에서 토굴을 파고 은거해 계시는 어떤 어르신께 배였습니다. 물론 전문기관에서 실시하는 자격심사도 거쳤습니다."

그가 돌팔이가 아니라는 사실만은 분명한 것 같았다. 아버지의 수전증이 두 달 만에 감쪽같이 자취를 감추어버리고 말았기 때문이었다. 신통한 일이었다.

"지압으로 키를 크게 만들 수도 있나요."

내가 물었다.

아버지의 치료가 완전히 끝나던 날이었다.

"키를 말이냐."

지압사가 설명하기 시작했다.

"지압이란 도인들에게서 전수되어진 양생법의 일종이란다. 손을 주된 시술기구로 사용해서 신체적 결함을 보완하거나 질병을 치유하는 의술이지. 하지만 손 이외의 의료기구를 사용하지 않는다고 적응범위가 좁은 것은 결코 아니란다. 나를 가르쳐주신 어르신은, 이 세상에 난치병은 있어도 불치병은 없노라고 말씀하셨지만 아직 내 재주는 거기에 미칠 수가 없단다. 체중을 늘이거나 줄일 수 있는 방법은 알고 있어도 신장을 늘이거나 줄일 수 있는 방법은 모르고 있단다."

전후좌우는 조정할 수가 있는데 상하는 조정할 수가 없다는 것이었다. 애석한 일이었다.

"간에 병이 생겼을 때 우선 유념해야 할 점은, 무리한 운동을 삼가고 안정을 취하는 일입니다."

지압사는 아버지에게 약이 되는 음식물과 독이 되는 음식물을 소상하게 가르쳐주었다.

"특히 술은 독약 중에서도 가장 급격히 간을 파괴시키는 독약임을 유념해 주시기를 바랍니다."

술을 계속 마시게 되면 수전증도 재발할 우려가 있다는 것이었다. 재발하게 되면 치료는 지금보다 몇 배나 힘들어지게 된다는 것이었다. 그러나 지금 간에 내려져 있는 위험신호에 비하면 수전증의 재발 따위는 걱정거리도 아니라는 경고였다. 그대로 방치해 두면 급속히 악화되어서 생명에 지장을 초래할 수도 있다는 것이었다. 심각하고도 간곡한 목소리였다.

"그동안 정말 물심양면으로 저를 보살펴주셔서 대단히 고맙습니다."

아버지가 두툼한 봉투 하나를 지압사의 손에 쥐어주었다. 지압사는 봉투를 받아들자 손가락으로 내용물을 확인해 보고 있었다.

"저는 이 돈을 다 받을 수가 없습니다."

지압사가 봉투를 다시 되돌려주고 있었다.

"적다는 말씀이신가요."

"너무 많기 때문입니다."

"제 성의입니다."

"그래도 제가 요구했던 액수보다 배나 많은 돈입니다. 절대로 받을 수가 없습니다. 받게 되면 저를 가르쳐주신 어르신의 말씀을 거역하는 것이 됩니다. 성의는 정말로 고맙게 받아들이겠습니다만 돈만은 절반을 덜어주시기 바랍니다. 올바른 치료사는 환자의 보상에 기쁨을 두는 것이 아니라 환자의 완치에 기쁨을 두는 것이라고 저는 배웠습니다."

"그래도."

아버지는 난색을 표명하고 있었다. 봉투 하나를 사이에 두고 아버지와 지압사는 상당히 오래도록 의견을 절충하고 있었다. 그러나 아버지는 지압사의 고집을 꺾을 수가 없었다, 결국 봉투 속의 돈은 반으로 액수가 줄어든 상태로 지압사에게 전달되었다.

"그 대신 제 부탁을 한 가지만 들어주십시오."

봉투를 받아들자 지압사가 조심스럽게 말했다.

"무슨 부탁인지 한번 말씀해 보시지요."

아버지는 자신의 힘으로 가능한 일이라면 최선을 다해 보겠노라고 지압사에게 말했다. 그래도 지압사는 잠시 머뭇거리다가 가까스로 입을 열었다.

"부담스러운 부탁인지는 모르겠습니다만, 건넌방이 비어 있는 것 같은데 특별한 용도가 없으시다면 제게 전세로 주셨으면 하는데요. 물론 부탁을 계산에 두고 치료비를 반으로 줄였던 것은 아닙니다."

만약 부탁을 들어주기만 한다면 영원히 은혜를 잊지 않겠노라는 말을 몇 번이나 되풀이했다.

"제 마누라도 정상인은 아닙니다."

그의 부인도 장애자나 다름이 없는 입장이라는 것이었다. 한때 원인 모를 질병을 심하게 앓았다는 것이었다. 수족마비와 언어장애와 지능저하 상태에서 꼼짝달싹도 못한 채 자리에 누워 있을 때 그를 만나게 되었다는 것이었다.

"식물인간이나 조금도 다름이 없었습니다."

가난한 집안에서 치료비만 수년간 축내고 있었으므로 차라리 빨리 죽기만을 기다리고 있었는데, 그가 지극정성으로 장기치료를 해주었다는 것이었다. 어떤 병원에서도 속수무책이었는데, 그가 치료를 시작하면서부터 차츰 경과가 좋아져서 이제는 거의 정상인에 가깝게 생활할 수가 있게 되었다는 것이었다.

"그것을 인연으로 작년에 결혼을 하게 되었습니다. 아직도 적지 않은 부분들이 장애상태로 남아 있기는 합니다만, 생활에는 별로 불편을 느끼지 않을 정도입니다. 그러나 당장 주거문제가 걱정입니다."

결혼을 하고 방을 구하기 위해 몇 달 동안이나 발이 부르트도록 산지사방을 헤매다가 천우신조로 수완 좋은 복덕방 영감을 만나 가까스로 전세를 하나 얻기는 했지만, 줄곧 눈총과 수모를 감내하면서 살아왔다는 것이었다. 그런데 얼마 전 설상가상으로 주인이 사업을 벌이다 망해 버리는 바람에 집까지 날려버리게 되어, 그나마도 쫓겨날 운명에 처해지고 말았다는 것이었다. 정상인들은 대개가 장애인들과 한 지붕 아래서 살기를 꺼려하기 때문에 새로 방을 얻어야 한다고 생각하니 밤마다 잠을 이룰 수가 없다는 것이었다. 이럴 때는 차라리 애완용 동물로 태어나지 못한 자신들이 한스러울 지경이라는 것이었다.

"어렵지 않은 부탁이로군요. 그런데 건넌방이 비어 있다는 사실은 어떻게 아셨습니까."

"맹인들은 몸 전체가 눈이니까요."

아버지도 세상이 따스해지기를 바라면서 살아온 장애인이었다. 불쌍한 사람을 보면 절대로 그냥 지나쳐서는 안 된다고 내게도 몇 번이나 당부했던 적이 있었다.

며칠 후 지압사 부부는 밝은 얼굴로 건넌방에 이삿짐을 풀어놓게 되었다. 마당가의 국화들은 이미 져버린 지 오래였다. 기온이 영하로 떨어지고 있었다. 유리창 가득 성에도 번성하고 있었다. 이제는 겨울이었다.

10
맹도견

"조 선생은 어쩌다 실명을 하게 되시었소."

"태어나면서부터 지금까지 줄곧 한밤중입니다."

"부모님은 아직도 생존해 계시는가요."

"모두들 제가 어릴 때 세상을 뜨시고 말았습니다."

아버지는 맹인 지압사를 조 선생이라고 불렀다. 처음부터 사용했던 호칭은 아니었다. 수전증을 치료하러 다닐 때는 조 지압사라는 호칭을 쓰고 있었다. 상례대로 성씨와 직업을 합쳐서 만든 호칭이었다. 그러나 이사를 하고 며칠이 지난 다음에 조 지압사라는 호칭은 폐기되었다. 조 지압사. 잘못하면 좆이 압사되었다는 뜻으로 해석되어 성 불구자를 연상시킬 우려가 있기 때문이라는 것이었다.

"김 선생님."

조 선생은 아버지를 처음부터 김 선생님이라고 불렀다. 아버지는 우연히도 나와 같은 성을 가지고 있었다. 그러나 본관은 정확하게 알 수가 없었다. 언젠가 아버지에게 물어보았더니 아마 김유신 장군하고 같은 김 씨일 거라고만 대답해 주었다.

"오늘도 약주를 많이 하셨군요."

"하루 종일 눈이 내리고 있는데 어찌 맨정신으로 견딜 수가 있겠소."

그해 겨울에는 유난히 눈이 많이 내렸다. 때로는 적설량이 허리까지 차오르는 폭설 때문에 통행이 두절되고, 온 식구가 며칠씩 새하얀 눈의 감옥 속에 갇혀 지낸 적도 있었다. 겨울이 되면서 아버지가 술을 마시는 시간이 더욱 많아져 가고 있었다. 조 선생이 아무리 만류를 해도 듣지 않았다.

"금주는 못하시더라도 절주는 하셔야 합니다."

"매일 똑같은 소리만 되풀이하지 말고 오늘은 조 선생도 내 술한잔 받으시오."

"저는 천지신명들과 약속한 바가 있기 때문에 사양하겠습니다."

"도대체 천지신명들과 무슨 약속을 했단 말이오."

"자동차 운전면허를 따기 전까지는 절대로 술을 마시지 않기로 약속했습니다."

"조 선생이 정말로 자동차 운전면허에 도전해 볼 생각이라면, 나도 국가대표 축구선수로 한번 출전해 보아야겠소. 우리 의지의 배달민족끼리 서로 결의를 다지는 의미에서 같이 한잔 하시자니까."

"아직 자동차 운전면허는 가지고 있지 않지만 지팡이 운전면허는 가지고 있습니다. 비록 지팡이라고는 하더라도 음주운전은 금물입니다."

조 선생은 농담을 좋아하는 편이었다. 항시 착용하고 다니는 검은색 선글라스를 제외하고 나면 어디에서도 어두운 기색을 찾아볼 수가 없었다. 대체로 낙천적인 성격을 가지고 있었다. 그러나 술에 대해서는 매우 부정적인 견해를 가지고 있었다.

"술이 금지된 나라에서 있었던 일입니다. 변호사가 경찰관에게 따졌습니다. 당신은 내 의뢰인이 도로 한복판에 엎드려 있었다는 사실만으로 어떻게 술에 만취되었다고 단정할 수가 있단 말이오. 그러자 경찰관이 확신에 찬 목소리로 대답했습니다. 그렇지만 당신의 의뢰인은 도로 한복판에 엎드려 한사코 중앙선을 뜯어내려고 안간힘을 쓰고 있었단 말입니다."

가끔 아버지에게 그런 유머들을 들려주면서 은근히 술을 절제해 주기를 바라는 눈치였다.

"어떤 술꾼이 대문 앞에서 열심히 열쇠구멍을 찾고 있었습니다. 지나가던 방범대원이 물었습니다. 제가 열쇠구멍을 대신 찾아드릴까요. 그러자 술꾼이 대답했습니다. 열쇠구멍은 내가 찾을 테니까, 당신은 집이 흔들리지 않게 좀 붙잡아주시오."

술이란 인간을 가장 빨리 천치로 만들어버리는 백해무익의 마약이라는 것이었다.

"하루만 술을 마시지 않아도 목구멍에 가시가 돋는다고 생각하는 술꾼이 있었습니다. 어느 날 그가 존경하는 은사로부터 책 한 권을 선물로 받았습니다. 그는 밤을 새워 그 책을 모두 읽었습니다. 그 책에는 술이 인체에 얼마나 해로운 극약인가가 상세히 기술되어 있었지요. 그는 깊은 충격을 받지 않을 수 없었습니다. 마침내 그는 단단히 결심하게 되었습니다. 앞으로는 절대로 책을 읽지 않겠노라고 말입니다."

조 선생은 유사 이래로 물에 빠져 죽은 사람보다는 술에 빠져 죽은 사람이 더 많을 거라는 주장이었다.

아버지의 건강을 염려해서 조 선생이 그런 이야기들을 들려준다는 사실쯤 아버지도 잘 알고 있는 표정이었다. 그러나 술만은 끊을 수가 없는 모양이었다. 조 선생이 있을 때는 애써 절제하는 기색을 보이다가도 조 선생이 출타하면 으레 술병을 집어들기 마련이었다.

"술. 을. 드. 시. 지. 않. 도. 록. 하. 라. 고. 말. 씀. 하. 셨. 는. 데. 요."

아버지가 술을 마시는 장면을 목격하게 되면, 조 선생 부인도 근심 어린 표정으로 절주에 대한 당부를 소홀히 하지 않았다.

부인은 아직 신체기능이 완전히 정상적으로 회복된 상태가 아니었다. 말할 때는 발음이 부정확해서 처음에는 쉽사리 알아듣기가 힘이 들었다. 안면근육도 약간 일그러져 있었고, 걸음걸이도 몹시 불편해 보였다. 그러나 매우 부지런한 편이었다. 하루 종일 온 집 안을 쓸고 닦아서 어디를 둘러보아도 티끌 한 점 없었다.

"김 선생님은 개를 좋아하지 않으십니까."

어느 날 조 선생이 아버지에게 물었다.

"보신탕 말인가요."

"음식으로서의 개가 아닙니다."

"그럼 가축으로서의 개 말인가요."

"가축으로서의 개가 아니라 가족으로서의 개 말입니다."

"예전에는 좋아했지요. 하지만 몇 번의 경험을 통해 알게 되었소. 개들은 불구자만 보면 쓸데없이 경계심을 드러내고, 유난히 포악스럽게 덤벼드는 영민성을 가지고 있다는 사실을 말이오. 그 사실을 알고부터 절로 개들이 싫어지기 시작했소."

나는 얼마 전에 아버지에게 개를 한 마리 키우자고 졸라본 적이 있었다. 그러나 아버지는 반대였다. 거추장스럽다는 이유에서였다. 나는 아버지의 거추장스럽다는 말을 어느 정도 납득할 수는 있었지만 개에 대한 미련을 완전히 떨쳐버릴 수는 없었다.

"맹도견에 대해서 들어보신 적이 있으십니까."

"진도견이 있다는 말은 들어보았는데 맹도견이 있다는 말은 들어본 적이 없소. 원산지가 어디요."

"맹도견은 맹인들을 위해서 특별히 훈련된 안내견을 지칭하는 말입니다."

"조 선생은 개를 무척 좋아하는 모양이로군요."

"맹인들치고 일반적인 개를 좋아하는 사람은 거의 없을 겁니다. 그러나 맹도견은 다릅니다. 일반적인 개들에게는 적의와 공포심을 느끼고 있는 맹인들이라도 맹도견이라면 누구나 한 마리쯤 소유하고 싶은 소망을 가지고 있을 겁니다."

조 선생에게 있어서 맹도견은 결코 짐승이 아니었다. 절대적 신앙이었다. 일단 맹도견에 대해서 입을 열기만 하면 며칠이라도 밤을 새울 수가 있는 사람이었다. 조 선생의 말에 의하면 최초의 맹도견은 독일산 호신용 셰퍼트였다. 한 의사가 맹인 부상병을 동반하고 병원의 정원을 걷던 중 응급 연락으로 자리를 뜨게 되었는데, 돌아왔을 때 자신의 개가 비를 피해서 맹인 부상병을 건물로 안내하는 광경을 목격하게 되었다. 그것이 맹도견의 시초였다.

"오늘날은 래브라도 리트리버라는 종자가 가장 우수한 맹도견으로 선택되고 있습니다. 맹도견은 무조건 주인의 명령에 복종만 하지는 않습니다. 만약 명령을 수행해서 주인에게 위험이 초래될 경우에는 명령을 거부합니다. 다른 개들은 도저히 그런 영민성을 가질 수 없습니다. 그래서 맹도견으로 선택되지 못합니다. 주인과의 유대가 긴밀해지면 텔레파시적 접촉단계에 이르기도 합니다."

아버지가 전투기에 대해서 백과사전급이라면, 조 선생은 맹도견에 대해서 백과사전급이었다.

"맹도견에 대한 조직적인 훈련은 독일에서 처음으로 시작되었습니다. 일차대전 중 부상으로 실명하게 된 병사들을 돕기 위한 방편으로 착안되었지요. 생후 약 일 년이 되면, 주인의 장애상태에 맞추어 행동할 수 있도록 철저히 훈련을 시킵니다. 교통이 혼잡한 도시에서도 맹도견만 있으면 안전하게 활동할 수가 있습니다. 건널목에서나 횡단보도에서도 일단 걸음을 멈추고 안전을 확인한 다음 주인을 인도해 줍니다. 버스나 지하철을 타도 주인의 발 밑에 가만히 앉아만 있습니다. 식당에 가도 음식을 달라고 보채지 않으며, 명령 없이 자리를 이탈하지도 않습니다. 또 지나가는 사람이 실수로 맹도견의 꼬리나 발을 밟더라도 절대 짖는 법이 없습니다. 뿐만 아니라 아무데서나 버르장머리 없이 실례를 범하지도 않습니다. 일반인들에게는 일체의 해를 끼치지 않지요. 어찌 짐승이라고 할 수가 있겠습니까. 외국에서는 식당이나 열차나 호텔 출입이 자유롭게 허용됩니다. 뉴질랜드의 경우에는 출입을 거부하면 일 년 이하의 징역에 처하기도 합니다.”

조 선생은 맹도견이야말로 지구상에서 가장 존재가치가 높은 동물이라고 생각하는 사람 같았다. 맹도견에 대해서 이야기할 때는 절로 목소리가 높아졌다. 심지어는 검은색 선글라스까지 생기를 발하는 것 같았다.

“우리나라에는 아직 맹도견을 훈련시키는 전문센터가 없는 것으로 알고 있습니다. 그렇다고 외국에서 맹도견을 구입하기도 여의치가 않습니다. 구하기도 힘들고 수속도 복잡하기 때문입니다. 한 나라에서 일 년에 겨우 몇십 마리밖에는 배출되지 않기 때문입니다. 자국의 장애인들에게 보급하기도 모자라는 실정이지요.”

조 선생은 조련사들에 대해서도 절대적인 신앙심을 간직하고 있었다. 맹도견 조련사들이야말로 신이 보내준 성자적 인간들이라는 것이었다.

"맹도견 조련사들은 개들하고만 동고동락을 같이하는 것이 아니라, 기증하고 나면 주인이 되는 맹인과도 한 달여 동안 동고동락을 같이해야 합니다. 자신의 삶이란 일절 존재하지 않는 셈이지요. 맹도견의 삶과 맹인의 삶을 자신의 삶으로 생각하면서 살아가는 사람들입니다."

어떤 종교인들도 맹도견 조련사들만큼 헌신적일 수는 없다는 것이었다.

조 선생은 집에 붙어 있는 시간이 별로 없었다. 단골들이 많기 때문이라는 것이었다. 때로는 꼭두새벽에 집을 나갔다가 다음날 아침이 되어서야 귀가하는 적도 있었다.

"살다 보니 눈이 없어서 불편할 때보다는 돈이 없어서 불편할 때가 더 많았습니다."

조 선생은 고객이 꼭두새벽에 전화로 호출을 해도 결코 거절하는 법이 없었다. 그렇지만 돈이라면 사족을 못 쓰는 성품은 아니었다. 간혹 한가로운 시간이 생겨도 편히 쉬지는 않았다. 아버지를 지압해 드리기 때문이었다. 물론 아버지는 극구 사양했지만 조 선생은 막무가내였다. 보증금도 없이 아주 싼값에 세를 들었기 때문에 그렇게라도 하지 않으면 마음이 부담스러워서 견딜 수가 없다는 것이었다.

"제가 진맥해 본 바에 의하면 선생님은 지금 간경화증을 앓고 있는 상태입니다. 그런데도 약주를 드신다는 건 자살행위나 조금도 다름이 없습니다. 이제부터라도 금주를 단행하시고 병원에 입원하셔서 전문적인 치료를 받으셔야 합니다."

조 선생은 거의 날마다 아버지의 건강에 대해 지대한 우려를 표명해 보이고 있었다. 아버지는 알콜중독 상태이기 때문에 술을 끊기가 몹시 힘들겠지만 그대로 방치할 수가 없는 상태라는 것이었다. 결단력과 인내심이 절실하게 필요한 시기라는 것이었다. 만약 계속해서 술을 마시게 되면 급속도로 간세포가 파괴되고, 그 자리에 섬유성 결합조직이 들어차서 종국에는 목숨까지 위태로워진다는 것이었다. 그러나 아버지는 목숨을 끊을 수는 있어도 술을 끊을 수는 없는 모양이었다. 하루도 술을 거르는 날이 없었다.

11
맹인의 눈 속보다 캄캄한 세상

　밖에는 추적추적 진눈깨비가 내리고 있었다. 결빙되었던 시간이 녹고 있었다. 겨울이 끝나가고 있었다.

　아버지는 새벽까지 술을 마시다가 기진해서 잠들었기 때문에 도무지 일어날 기미가 보이지 않았다. 다음 글을 읽고 문제의 정답을 고르시오. 나는 혼자서 조금 전에 배달된 학습지의 국어문제를 풀고 있었다. 그때였다. 대문의 초인종 소리가 들리고 있었다. 집 안에는 거동이 불편한 어른들뿐이었으므로 대문을 열어주는 일은 전적으로 나의 책임소관이었다. 나는 연필을 놓고 자리에서 일어섰다. 누굴까. 외출했던 조 선생이 돌아오기에는 아직 이른 시각이었다. 신문대금을 받으러 온 사람일까. 천자문을 익히고 난 다음부터 아버지는 나에게 한자에 대한 응용력을 길러주기 위해 매일 신문을 읽는 습관을 가지도록 권장하고 있었다. 그러나 신문대금은 월말에나 받으러 오는 것이 상례였다. 누굴까. 음식배달을 시킨 기억도 없었고, 파출부를 부른 기억도 없었다. 나는 밖으로 나가보았다. 대문 앞에 진눈깨비를 맞으며 조 선생이 처연한 모습으로 서 있었다. 어딘지 모르게 종전과는 다른 분위기를 느끼게 만들어주고 있었다.

"안녕히 다녀오셨어요."

인사를 했으나 조 선생은 아무 대답도 하지 않았다. 전혀 안녕히 다녀오신 표정이 아니었다. 평소의 낙천적인 분위기는 어디에서도 찾아볼 수가 없었다. 부인이 불편한 거동으로 황급히 달려 나오고 있는 모습이 보였다. 남편의 모습을 멀찍이서 보고도 심상치 않은 느낌을 받은 모양이었다. 부인은 긴장과 근심이 뒤섞인 표정을 감추지 못하고 있었다.

"무. 슨. 일. 이. 있. 었. 어. 요."

부인이 현관 앞에 이르러 무슨 일이 있었느냐고 한 음절씩 끊어서 힘겨운 발음으로 물어보았으나, 조 선생은 아무 대답도 하지 않았다. 비닐우산 하나를 사서 쓸 만한 마음의 여유조차도 없었던 모양이었다. 전신이 진눈깨비에 젖어 있었다. 조 선생은 고개를 깊이 떨군 채 건넌방으로 들어가고 있었다.

다음의 낱말들을 소리나는 대로 적으시오. 해돋이. 똑같이. 삼천리. 꽃망울. 나는 안방으로 들어와 다시 국어문제를 푸는 일에 몰두하고 있었다. 그러나 조 선생의 모습이 떠올라서 정신집중이 되지 않았다. 해도지. 또까치. 삼철리. 꼰망울. 애써 정신집중을 하며 낱말들을 소리나는 대로 적고 있는데, 건넌방에서 울음소리가 들리기 시작했다. 나는 연필을 놓고 건넌방에다 신경을 곤두세우기 시작했다. 울음소리는 조금씩 고조되고 있었다.

조 선생이 울고 있는 것 같았다. 설움을 억제하지 못한 채 토해 내는 오열 같았다. 좀처럼 그칠 것 같지 않았다. 온 집 안이 비통한 분위기에 휩싸이기 시작했다. 나는 어떻게 처신해야 좋을는지 알 수가 없었으므로 아버지를 깨우는 도리밖에 없었다. 아버지는 곤하게 코를 골며 깊은 잠에 빠져 있었다.

"아버지. 아버지."

몇 번을 세차게 흔들었지만 아버지는 잠에서 깨어나지 못하고 있었다. 코고는 소리만 기세를 약간 죽였을 뿐이었다. 나는 아버지를 계속해서 세차게 흔들면서 일어나시라는 소리만 연발하고 있었다. 한참 만에야 아버지는 가까스로 잠에서 깨어날 수 있었다. 그러나 아버지는 어리둥절한 표정이었다.

"내가 심하게 잠꼬대를 하더냐."

아버지의 목소리는 아직도 잠에 흠씬 절여져 있었다.

"조 선생님이 울고 있어요."

내가 난감한 목소리로 사태를 알려주었을 때야 아버지는 약간 현실감을 되찾은 듯한 기색이었다.

"속이 쓰려서 못 견디겠구나. 동명아, 냉수 한 사발만 떠가지고 오너라."

아버지는 고통스럽게 미간을 찌푸리면서 배를 쓸어내리고 있었다. 나는 재빨리 냉수 한 사발을 떠다 드렸다. 아버지는 단숨에 벌컥벌컥 들이켜서 바닥까지 말끔히 비워버렸다. 그러나 냉수 한 사발 정도로는 지난밤 주독을 완전히 씻어낼 수가 없는 모양이었다. 여전히 아버지의 몸에서는 지독한 술 냄새가 가시지 않고 있었다.

"조 선생이 어떻다는 거냐."

"울고 있는 것 같아요."

"울고 있다니. 그게 무슨 소리냐."

"저도 잘 모르겠어요."

아버지는 의아한 눈빛으로 잠시 건넌방 쪽에다 귀를 기울여보고 있었다. 울음소리는 아까보다 더욱 고조되고 있었다. 아버지가 이내 긴장하는 표정으로 휠체어를 끌어당기고 있었다.

"조 선생, 무슨 일이오."

아버지가 건넌방을 두드리자 부인이 문을 열어주었다. 부인도 울고 있었음이 분명해 보였다. 눈언저리에 물기가 번들거리고 있었다. 조 선생은 방바닥에 앉아 망연자실한 표정으로 허공을 쳐다보고 있었다. 선글라스를 끼지 않은 두 눈은 움푹 들어간 채로 감겨져 있었고, 거기서 끊임없이 눈물이 흘러내려 두 볼을 적시고 있었다.

"무슨 영문인지 나한테 말씀해 주면 안 되겠소."

아버지가 조심스러운 목소리로 조 선생에게 물었다. 그러나 조 선생은 침묵 속에서 오열만 참아내고 있었다.

"어려운 일이 있으면 서로 힘을 합쳐서 해결해 보도록 합시다."

아버지가 조 선생의 손목을 잡으며 부드러운 목소리로 말했다. 그래도 조 선생은 아직 마음을 진정시키지 못하고 있는 표정이었다. 아버지는 부인에게 자초지종을 물어보고 있었다.

"히. 원. 들. 한. 테. 서. 무. 은 돈 을 수 매 치 기 당 해 대. 요."

부인이 안면근육을 일그러뜨리며 힘겨운 목소리로 한 음절씩 전달해 준 사건의 요지였다.

"조 선생이 말입니까."

아버지는 믿을 수가 없다는 표정을 지어 보이고 있었다. 아무리 세상이 험악해졌다고는 하더라도 설마 맹인의 돈을 소매치기하는 놈들이 생겨날 정도로 말세가 되지는 않았을 거라고 생각하는 기색이 역력해 보였다. 그러나 아니었다. 부인이 조 선생의 벗어놓은 점퍼 주머니를 들추어 보이고 있었다. 점퍼 주머니에 예리한 면도날 자국이 선명하게 그어져 있었다.

"이런 짐승만도 못한 놈들이 있나."

아버지가 신음처럼 중얼거리고 있었다. 아버지의 얼굴이 노기로 사납게 일그러지고 있었다. 나는 일찍이 아버지의 그토록 무서운 얼굴을 한번도 본 적이 없었다. 아버지는 오래도록 입술을 깨문 채 애써 격분을 억누르고 있었다.

"액수는 얼마나 되오."

한참 만에야 아버지가 다소 감정이 억제된 목소리로 조 선생에게 질문을 던지기 시작했다.

"현찰로만 이백만 원입니다."

　조 선생의 대답이었다.

"어디서 당했는지 대충이라도 짐작되는 부분이 있으면 한번 말해 보시오."

"신촌에서 버스를 타고 광명까지 오는 도중에 당했다는 사실만 확실하지 그 외에는 전혀 짐작조차 할 수가 없습니다."

　조 선생은 아직도 마음이 혼란한 상태 같았다. 목소리가 약간 떨리고 있었다.

"처음부터 소상하게 한번 기억을 되살려봅시다. 처음 조 선생의 호주머니에 돈이 들어갔던 장소가 어디오."

"신촌의 천산루라는 중국집이었습니다."

"홀에서였나요."

"방에서였습니다."

　조 선생의 말에 의하면, 그날은 신촌의 천산루라는 중국집에서 견우회(犬友會)가 정기적으로 모임을 가지는 날이었다. 견우회는 맹도견학교 설립을 추진하자는 취지에서 결성된 모임이었다. 조 선생이 회장직을 역임하고 있었다. 회원들은 생활이 건실하고 사상이 건전한 맹인들이었지만 한결같이 연고자가 없다는 공통점을 가지고 있었다. 그러나 다른 맹인들보다는 몇 배나 열심히 피땀을 흘리면서 살아간다는 자부심을 가지고 있었다. 역술인도 있었고,

안마사도 있었다. 연주자도 있었고, 조율사도 있었다. 도합 이십 명이었다. 그중에서 조 선생이 가장 나이가 많았다. 회비는 한 달에 십만 원씩이었다. 회원들에게는 다소 벅찬 금액이었다. 그러나 한번도 회비를 거르는 회원은 없었다. 매달 모아진 회비는 조 선생이 은행에 예치시켜 관리하고 있었다.

"회원 이외에 조 선생이 돈을 수지하고 있다는 사실을 알 만한 사람은 없었나 곰곰이 한번 생각해 봅시다."

"없었던 것 같습니다."

"중국집 종업원이 방 안에 들어왔던 적은 없었나요."

"주문을 받을 때와 음식을 나를 때 방 안에 들어왔었습니다."

"그때는 돈이 어디에 있었소."

"아직 모금되지 않은 상태였습니다."

"식대는 누가 지불했소."

"총무가 걷어서 지불했습니다."

"중국집에서 조 선생이 돈을 소지하고 있다는 사실을 남에게 알릴 만한 행동을 했던 적은 없었나요."

"제 기억으로는 없었습니다."

나는 아버지가 왜 조 선생에게 그런 질문들을 던지는가를 도무지 이해할 수가 없었다. 조 선생도 영문을 모르고 있는 것 같았다. 그러나 아버지는 아직도 알고 싶은 사항들이 많이 남아 있는 모양이었다.

"돈이 없어져 버렸다는 사실을 안 것은 언제였소."

"버스에서 내렸을 때였습니다."

"파출소에 신고는 하셨소."

"버스에서 내려 가까운 파출소에 신고를 하기는 했지만 자기네 관할에서 일어난 사건이 아니기 때문에 접수하지 않겠다는 것이었습니다. 몹시 귀찮아 하는 어투들이었습니다. 신촌에서 광명까지의 전구간에 소재해 있는 파출소를 모조리 찾아가보는 도리밖에 없다는 생각이 들었지만 엄두가 나지 않았습니다. 너무나 불친절했기 때문에 하소연도 해볼 겨를이 없었습니다. 잃어버린 놈이 죄인이라는 단정을 내리고 집으로 돌아오는 수밖에 없었습니다."

조 선생은 이제 마음이 많이 진정되어 있는 목소리였다. 그러나 부인은 아직도 마음이 진정되지 않는 모양이었다. 소매 끝으로 눈물을 닦아내는 일을 멈추지 않고 있었다.

"아직 포기하기에는 이르오. 세심하게 자초지종을 점검해 보면 놈들을 추적할 수 있는 일말의 단서라도 찾아낼 수 있을지 모르오. 너무 상심하지 마시고 내가 묻는 말에 사실대로만 대답해 주시오."

아버지가 말했다.

하지만 아무도 돈을 되찾을 수 있다는 기대감을 가지고 있는 표정들이 아니었다. 셜록 홈즈나 콜롬보 형사가 오더라도 아무 소용이 없을 것 같았다. 그러나 아버지는 무슨 생각이 들었는지 조 선생이 벗어놓은 점퍼를 다시 한번 주도면밀하게 검색해 보고 있었다.

"면도날 자국으로 보아 전문적인 소매치기 밑에서 적어도 삼 년 이상의 수업을 거친 다음에야 현장에 배출된 기술자의 솜씨요. 제법 오래된 조직의 일원 같소. 단서가 잡히면 신흥조직의 초짜보다는 오히려 추적하기가 수월할 거요."

거색을 끝내 아버지의 소견이었다, 확신에 차 있는 목소리였다.

"어떻게 그걸 알 수가 있습니까."

조 선생이 물었다.

"면도날 자국이 그 사실을 뒷받침해 주고 있소. 우선 면도날 자국의 각도를 한번 생각해 봅시다. 현찰 이백만 원은 분명히 비스듬히 기울어진 각도로 안주머니에 들어 있었을 거요. 지금 이 면도날 자국은 안주머니에 들어 있던 돈의 각도와 일치하고 있소. 그 다음에 길이를 한번 생각해 봅시다. 현찰 이백만 원이 빠져나오기에 가장 적당한 길이로 그어져 있소. 이런 각도와 길이를 유지해서 면도날 자국을 만들어주기만 하면, 돈은 손으로 끄집어내지 않아도 무게에 의해 저절로 미끄러져 나오게 되어 있소. 특히 흔들리는 버스 안에서는 더욱 순조로울 수밖에 없소. 각도와 길이가 정확하지 않으면 돈을 꺼내는 일에 쓸데없이 시간을 낭비하거나, 피해자가 돈을 잃어버렸다는 사실을 빨리 알아차릴 우려가 있기 때문에 그만큼 위험성이 따르기 마련이오. 위치와 깊이도 중요하오. 만약 위치와 깊이가 정확하지 않으면 속옷이나 현찰에 손상을 입힐 우려가 있기 때문이오. 따라서 여러 가지 정황으로 미루어보건대 이놈은 절대로 초짜가 아니오."

아버지의 설명이었다.

"그렇군요."

조 선생이 탄복을 금치 못하고 있었다. 얼굴에는 일말의 기대감까지 떠오르고 있었다. 부인도 마찬가지였다. 놀라움에 가득 찬 눈초리로 아버지를 한참 동안 쳐다보고 있었다.

"동명아, 냉수 한 사발만 떠가지고 오너라."

아버지가 말했다.

나는 재빨리 냉수 한 사발을 떠다 드렸다. 아버지는 단숨에 냉수 한 사발을 벌컥벌컥 들이키고는 잠시 호흡을 진정시키고 있었다. 숙취 때문에 몹시 고통스러운 모양이었다. 이마에 식은땀이 내비치고 있었다.

"제. 가. 술. 국. 을. 끓. 여. 드. 리. 지. 요."

조 선생 부인이 자리에서 일어서고 있었다. 괜찮습니다. 아버지는 사양의 뜻을 표명해 보였지만 부인은 서둘러 싱크대 쪽으로 걸음을 옮겨놓고 있었다.

"회원들은 어디서 헤어졌소."

"천산루 앞에서 각자 뿔뿔이 흩어졌습니다."

다시 아버지의 집요한 탐문이 시작되고 있었다. 단순히 조 선생의 딱한 처지를 위로해 주기 위해서 시간을 할애하고 있는 입장이 아닌 모양이었다. 반드시 소매치기를 찾아내어 조 선생에게 돈을 되돌려주고야 말겠다는 결심이 확고부동하게 서 있는 모양이었다.

"회원들과 헤어진 다음부터의 일들을 가급적이면 소상하게 말해 주시오."

"앞을 보지 못하는 처지라 소상하게 말씀드린다고 하더라도, 그저 지팡이를 짚고 버스 정류장으로 갔다는 정도에 지나지 않습니다."

"버스 정류장으로 가는 동안에 누구를 만나서 시간을 지체했던 기억은 없소."

"없습니다."

"어딘가에 걸려서 넘어졌거나 누군가와 부딪쳐서 시비를 벌였던 기억은 없소."

"역시 없습니다."

"대개의 맹인들에게는 흔히 일어날 수 있는 일이겠지만, 혹시 누군가에게 잠시만이라도 부축을 받았던 기억은 없소."

"그건 있습니다."

그때였다. 갑자기 아버지의 눈이 예리하게 광채를 발하기 시작했다.

"그게 어디였소."

목소리까지 생기가 넘치고 있었다.

"신촌에서 버스에 오를 때였습니다."

"그 사람이 혹시 좌석까지 안내해 주지는 않았나요."

"안내해 주었습니다."

아버지는 비로소 회심의 미소를 떠올리고 있었다. 이제야 일말의 단서를 잡게 되었다는 표정이었다.

"부축해 주었던 사람에 대해서 기억할 수 있는 것이라면 무엇이라도 좋으니 낱낱이 한번 열거해 보시오."

아버지의 말을 듣고 조 선생이 잠시 생각에 잠겨 있다가 몇 가지 기억들을 되살려내기 시작했다.

"목소리로 짐작컨대 이십대 초반의 젊은이 같았습니다. 키는 저보다 약간 큰 편이었습니다. 입에서 담배 냄새가 나기는 했지만 종류까지는 알 수가 없었습니다. 이발소에서 사용하는 방향제 냄새가 풍기고 있었기 때문입니다. 말수가 적고 성격이 침착한 편이었습니다."

"일행이 있는 것 같던가요."

"처음에는 세 사람 정도의 발자국이 같이 움직이고 있는 것 같아서 일행인 줄 알았는데, 버스를 타자 각기 흩어져 행동하는 것 같아서 일행이 아니라고 생각하게 되었습니다."

"돈이 안전한가를 확인해 본 것은 언제였소."

"신촌에서 버스가 출발할 때 한 번 확인해 보았고, 문래동에서 버스가 정차했을 때 한 번 확인해 보았습니다."

"그때까지는 돈이 안주머니에 그대로 들어 있었소."

"그렇습니다."

"버스가 가장 붐빌 때는 언제였소."

"영등포와 개봉동을 경유할 때였습니다."

"그때 별다른 일은 없었나요."

"글쎄요."

"혹시 승객들끼리 심하게 다투는 소리를 듣지는 않았소."

"그런 소리는 듣지 못했습니다."

"누군가 안기듯 쓰러져 오지는 않았소."

"그런 일도 없었습니다."

"분명히 무슨 변화가 있었을 텐데."

그러자 조 선생이 갑자기 정색을 하며 소리쳤다.

"있었습니다."

얼마나 목소리가 큰지 가스레인지 위에 올려져 있던 냄비가 뚜 껑을 들썩거리며 깜짝 놀랐다는 시늉을 해 보일 정도였다. 조 선 생 부인도 일손을 멈추고 궁금한 표정으로 조 선생을 응시하고 있 었다.

"어떤 일이 있었소."

아버지가 긴장된 목소리로 조 선생을 재촉하고 있었다.

"버스가 개봉동 어느 정류장에 정차하기 위해 속도를 늦추었을 때였습니다. 누군가 황급히 출입구 쪽으로 이동하다 제 지팡이를 발로 걷어찬 적이 있습니다. 지팡이는 잠시 제 손을 이탈해 있었지 요. 잠시였지만 몹시 당황했었습니다. 맹인들에게 있어서는 지팡 이야말로 길이요 진리요 생명이라고 해도 과언이 아닐 정도로 소 중한 존재니까요."

"누가 그 지팡이를 집어주었소."

"신촌에서 저를 친절하게 좌석까지 부축해 주었던 바로 그 젊은 이였습니다. 죄송합니다. 제 친구가 너무 성미가 급해서 이런 실수를 저질렀습니다. 지팡이를 제 손에 쥐어주면서 정중하게 사과하는 목소리를 듣고 알았습니다."

"아무런 의심도 하지 않았겠군요."

"물론입니다."

"그 젊은이가 조 선생에게 안내해 준 자리는 출입구에서 그리 멀지 않은 위치였지요."

"출입구에서 두 번째쯤으로 기억합니다."

"범인은 바로 그놈들이오."

아버지가 확신에 찬 목소리로 말했다. 소매치기들은 대개 출입구에서 가까운 자리의 승객들을 목표물로 정하는 습관들을 가지고 있다는 것이었다. 범행을 저지르고 도망치기가 용이하기 때문이라는 것이었다. 아버지는 소매치기들이 돈 냄새를 맡고 미행을 하다가, 조 선생이 버스를 타려고 하자 자기들이 범행을 저지르기 좋은 최적의 장소에다 조 선생을 안내했을 거라는 추측이었다.

"범행은 지팡이가 손에서 이탈했다가 다시 돌아오는 사이에 이루어졌음이 분명하오."

"그렇다면 그 젊은이가 범인이었단 말입니까."

"그놈은 범인이 아니라 바람잡이였소."

소매치기들은 대개 바람잡이를 대동하고 다니는데 범행 시에 목표물의 신경을 다른 데로 쏠리게 만들거나, 주위 사람들의 시선을 차단시켜 주거나, 발각되면 추적을 방해하는 역할을 담당하고 있다는 것이었다. 조 선생은 교양 있는 말씨와 친절함 때문에 그 젊은이를 전혀 의심하지 않았다는 사실을 그제서야 뼈저리게 후회하고 있는 눈치였다.

"어쩌면 오늘 중으로 그 돈을 찾을 수 있을지도 모르겠소."

아버지가 말했다. 대부분의 소매치기들이 조직을 가지고 있으며, 소매치기한 금품들은 왕초에게 집결되어 재분배가 이루어진다는 것이었다. 그러나 금품들 중에는 사회적으로 말썽을 일으키는 사례도 적지 않아서 한동안은 재워두었다가 뒤끝을 보아 분배하는 것을 원칙으로 삼고 있다는 것이었다.

"이제 돈이 사라진 구역의 소매치기 왕초를 찾아가서 오늘 이발소에서 머리를 손질한 놈을 바람잡이로 거사를 벌였던 놈들을 알아내는 일만 남았소."

아버지의 결론이었다.

"전직이 수사관이셨습니까."

조 선생이 아버지에게 묻고 있었다.

"수사관보다는 한 수 위였지요."

아버지의 대답이었다.

"검찰계통이셨군요."

"좋을 대로 생각하시오."

아버지는 전직에 대한 궁금증을 확실하게 풀어주기를 회피하고 있었다.

"어느 기관에다 신고를 하면 되겠습니까."

조 선생이 물었다.

"이번 일은 내가 직접 한번 나서볼 작정이오."

아버지의 대답이었다.

나는 갑자기 아버지가 위대해 보이기 시작했다.

이제 나도 세상이 썩어가고 있다는 사실쯤은 알 수가 있는 나이였다. 정치도 썩어가고 있었고, 종교도 썩어가고 있었다. 예술도 썩어가고 있었고, 학문도 썩어가고 있었다. 이제 세상은 비틀거리고 있었다. 개인도 비틀거리고 있었고, 단체도 비틀거리고 있었다. 가정도 비틀거리고 있었고, 사회도 비틀거리고 있었다. 날마다 세상은 붕괴되고 있었다. 도덕도 붕괴되고 있었고, 양심도 붕괴되고 있었다. 영혼도 붕괴되고 있었고, 정신도 붕괴되고 있었다. 아무도 책임지려 들지 않았고, 아무도 개선하려 들지 않았다. 오직 세상에는 황금만이 절대적인 종교로 숭배되고 있었다. 전국민이 신도로 변해 가고 있었다. 인간을 보기를 돌같이 하고, 황금을 보기를 신같이 하는 시대가 도래해 있었다. 그러나 아버지만은 거기에서 제외되어 있는 사람 같아 보였다.

"우선 술부터 한잔 마셔야만 기운을 차리고 일을 진행시킬 수가 있을 것 같소."

아버지는 이제 더 이상 술을 참아내기 힘들다는 어투로 그렇게 말했다. 아무도 만류하지 않을 것 같은 분위기였다. 나는 술을 대령하지 않을 수 없었다. 때마침 조 선생 부인이 술국을 차려 왔다.

아버지는 고맙다는 인사와 함께 술국을 안주 삼아 소주를 마시기 시작했다. 밖에는 아직도 추적추적 진눈깨비가 내리고 있었다.

12
귀가를 기다리며

"무얼 하고 계세요."

조 선생이 거실 탁자 위에 생면부지의 제본물을 펼쳐놓고 손가락으로 신중하게 지면을 더듬어나가고 있었다. 두터운 부피의 제본물이었다.

"독서를 하고 있는 중이지."

하지만 조 선생이 손가락으로 신중하게 더듬어나가고 있는 그 제본물이 내게는 책으로 여겨지지 않았다. 글자도 없었고, 그림도 없었기 때문이었다.

"무슨 책이 이렇게 생겼어요."

"맹인들을 위해서 만들어진 점자책이란다."

자세히 보니 지면에는 깨알 같은 점들이 빼곡하게 찍혀 있었다.

"소설책인가요."

"소설책이 아니라 야사집이야."

"야사집이 뭔데요."

"민간인들에 의해 씌어진 일종의 역사책인데, 조선시대의 맹인들에 관해서도, 언급되어 있지."

조선시대에는 명통시(明通寺)라는 맹인보호기관을 설치하여 가뭄이 있을 때는 맹인들로 하여금 기우제를 지내게 하고, 공불축복(供佛祝福)의 명목으로 곡식과 재물을 지급해 주기도 했다는 설명이었다.

"조선시대에도 맹인들이 선글라스를 쓰고 다녔나요."

"선글라스를 쓰고 다니지는 않았지만, 내전에서 주악을 담당했던 맹인들은 연회가 있을 때 눈이 그려진 종이를 얼굴에 붙이고 악기를 연주했다는 기록이 있지. 선글라스는 중국에서 처음으로 개발했는데, 일반 안경에다 그을음을 입혀서 검게 착색한 것이었단다. 주로 법정에서 재판관들이 증거의 진위에 대한 판결을 내색하지 않을 목적으로 착용했던 위장물이었지. 하지만 현대의 선글라스는 원래 조종사들의 시력을 보호하기 위해서 개발되었기 때문에, 따지고 보면 맹인들과는 아무런 상관도 없는 물건이란다. 맹인들은 아예 시력이라는 걸 소유하고 있지 않으니까."

"그런데도 맹인들은 왜 선글라스를 쓰고 다니나요."

"시력을 소유하고 있는 사람들에게 혐오감을 주지 않기 위해서지.”

아버지는 아직도 종무소식이었다. 거실의 벽시계는 이미 자정을 넘어서고 있었다.

“조선시대에도 점자책이 있었나요.”

“없었다.”

“그럼 맹인들은 어떻게 과거시험을 보았나요.”

“맹인들은 과거시험을 볼 수가 없었지.”

“과거시험을 볼 수가 없었다면 암행어사도 될 수가 없었나요.”

“그렇단다. 맹인이란 언제나 암행을 할 수 있는 조건은 갖추고 있었지만, 어사가 될 수 있는 자격은 부여받지 못했단다.”

조 선생의 말에 의하면, 조선시대의 맹인들은 주로 역학을 배워 점을 치거나 도경이나 불경으로 사람들의 병을 고쳐주었는데, 비록 품계가 높은 재상이라도 맹인을 만나면 함부로 하대하여 부르지는 않았으며 중인과 같은 대우를 해주었다는 것이었다. 맹인들을 천시하거나 무관심한 상태로 방치해 두지는 않았다는 것이었다.

“조선시대에는 독경을 하거나 축수를 하거나 화복을 점치는 맹인들이 많았단다. 두 눈을 멀쩡하게 뜨고 있는 사람들이 한치 앞도 내다보지 못하는 맹인들에게 장래를 묻는다는 사실이 우습기는 하지만, 어쨌든 맹인들이 지금보다는 천대를 받지 않고 살았지. 관서에서는 맹인들을 통칭 판사라고 부르기도 했는데, 판사란 각사의 장관을 이르는 관명이었지. 임금의 능침이나 거둥이 있을 때 도포

를 입고 전송영접하는 광경을 보면, 대신이나 무장의 반열과 조금
도 다름이 없는 위세를 가지고 있었단다. 독경을 하는 맹인들은 삭
발을 하여 선사나 도승으로 불리어졌고, 매년 정초에는 사대부 집
안에 초빙되어 수복을 빌어주거나 재앙을 물리쳐주고 사례조로 적
지 않은 금품을 받아내기도 했지."

주 선생은 타임머신을 구할 수만 있다면 당장이라도 조선시대로
되돌아가서 살고 싶다는 표정으로 점자책을 덮고 있었다. 나는 졸
음이 오기 시작했으나, 아버지가 올 때까지 참아야 한다는 생각으
로 애써 눈꺼풀을 치켜뜨고 있었다.

"왜. 아. 직. 까. 지. 안. 오. 실. 까. 요."

건넌방에 있던 조 선생 부인이 거실로 나오며 걱정스러운 목소
리로 말했다. 다른 날 같으면 모두가 깊이 잠들어 있을 시간이었
다. 그러나 오늘은 아버지가 나타날 때까지 아무도 잠을 자지 않을
듯한 태세들이었다.

"당신도 한번 생각해 보시오. 단지 눈먼 소경의 진술만을 토대
로 그 넓은 서울천지에서 놈들을 찾아내기가 어디 그리 쉬운 일
이겠소."

조 선생이 말했다.

아버지는 과연 성공할 수 있을까. 세상은 극도로 살벌하게 변해
가고 있었다. 범죄도 극도로 흉포하게 변해 가고 있었다. 소매치기
들도 범행을 저지르다 들키면 난폭하게 흉기를 휘두르는 만행을
서슴지 않고 있었다. 요행히 아버지가 놈들의 덜미를 잡았다고는

하더라도 돈을 되돌려 받기는 쉽지 않을 것 같았다. 예기치 못했던 위험이 도사리고 있을지도 모르는 일이었다. 그러나 아버지는 자신만만한 표정이었다.

"그 바닥에는 아직도 나의 신화가 시퍼렇게 살아서 숨쉬고 있을 거요."

놈들을 만나면 반드시 따끔하게 혼쭐을 내주겠다는 것이었다. 아무리 소매치기라고는 하더라도 장애인들의 호주머니에 면도날이나 갖다대는 인간 이하의 행동을 하지 못하도록 단단히 정신교육을 시키고 오겠노라는 것이었다. 평소보다 많이 취한 모습은 아니었다. 술의 힘을 빌어서 늘어놓는 호언장담은 아닌 것 같았다.

"놈들을 경찰서에다 인계하고 제반 사무적인 일들을 마무리 짓고 오시느라고 늦어지는지도 모르지."

조 선생의 추측이었다. 조 선생은 아버지의 전직이 수사계통과 연관되어 있다고 생각하는 모양이었다. 하지만 아버지는 내게 전직이 분명히 재산분배업이라고 말한 적이 있었다. 모르기는 해도 수사계통과는 아무런 상관이 없는 직업일 것 같았다. 하지만 나는 조 선생에게 아버지의 전직이 재산분배업이라는 사실을 말해 주지는 않았다. 밖에는 어느새 진눈깨비가 그쳐 있었다.

"맹도견학교를 지으려면 얼마나 많은 돈이 있어야 해요."

내가 조 선생에게 물었다.

"우리가 모으는 돈으로 맹도견학교를 지을 계획은 아니란다. 일반인들이 맹도견학교 설립에 관심을 가질 수 있도록 홍보하는 일에 쓰일 돈을 모으고 있는 중이란다."

"맹도견을 살 수는 없나요."

"맹도견은 무상으로만 기증된단다. 한 마리를 훈련시키는 데 소요되는 경비만 하더라도 약 사천여만 원이 소요된다니까 사려고 든다면 아마 엄청난 금액일 거다."

주 선생의 대답이었다

"회비는 많이 모였나요."

"겨우 맹도견의 목줄이나 회원들 전부에게 마련해 줄 수 있을 정도란다."

"목줄이 비싼가요."

"처음에는 목줄도 기증되겠지만 낡으면 주인이 구입해야겠지. 아마도 다른 개의 목줄보다는 비싸지 않을까."

그러나 텔레비전도 없는데 리모컨이 무슨 소용이 있으며, 자동차도 없는데 차고가 무슨 소용이 있단 말인가. 그래도 조 선생은 희망을 버리지 않겠다는 결의가 역력해 보였다.

"선진국일수록 맹도견 보급이 활발하게 이루어지고 있단다."

영국에서는 약 사만 명 정도의 맹인들이 맹도견을 소유하고 있으며, 미국에서는 약 십만 명 정도의 맹인들이 맹도견을 소유하고 있다는 것이었다. 그러나 우리나라에는 대략 십만 명 정도의 맹인들이 살고 있는데도, 맹도견을 소유하고 있는 맹인들은 몇 명 되지 않는 실정이라는 것이었다. 외국에서 특별한 경로를 통해 기증받게 된 경우라는 것이었다. 나머지 맹인들은 목줄조차도 소유하고 있지 않다는 것이었다. 그런 상황에서 목줄이라도 살 수 있는 자금을 확보하고 있다는 사실이 얼마나 다행스러운 일이냐는 것이었다.

"그럼 우리나라는 선진국이 아닌가요."

"범죄수준은 이미 오래전에 선진국을 능가했지만, 문화수준은 아직 후진국을 면치 못하는 실정이라고 보아야겠지."

거실의 벽시계는 이제 새벽 두 시를 넘어서고 있었다. 조 선생 부인이 라면이라도 끓여야겠다면서 자리에서 일어서고 있었다. 그때였다. 갑자기 조 선생이 입술에 손가락을 갖다대면서 조용히 하라는 시늉을 해보이고 있었다.

"무슨 소리가 들리는 것 같지 않소."

긴장된 표정이었다. 그러나 내게는 아무 소리도 들리지 않았다. 부인도 별다른 소리를 듣지 못했다는 표정이었다. 고요했다. 오직 벽시계의 초침 소리만 명료하게 계속되고 있었다. 한참 동안 침묵이 이어지고 있었다.

"택시 소리 같은데."

조 선생이 말했다.

나는 온 신경을 집중시켜 귀를 기울여보았지만 아무런 소리도 포착되지 않았다. 부인이 거실의 창문을 열고 바깥을 내다보고 있었다. 잠시 후 내 귀에도 희미하게 택시의 엔진 소리가 들려오기 시작했다. 엔진 소리는 점차 가까이로 다가오고 있었다. 그제서야 실내는 기대와 흥분으로 술렁거리기 시작했다. 나는 황급히 바깥으로 달려나갔다. 부인도 조 선생을 부축하고 뒤따라 나오고 있었다.

"안녕히 다녀오셨어요."

내가 인사를 하며 대문을 열자, 아버지보다 술 냄새가 먼저 마당 안으로 울컥 한 발을 들이밀고 있었다. 아버지는 나갈 때보다 만취되어 있었으나 아무런 이상두 없는 모습이었다. 나는 비로소 안도감에 휩싸이고 있었다. 아버지는 마당 안으로 들어서며 한쪽 손을 높이 쳐들어 보이고 있었다.

"찾았습니다."

마치 아버지는 장애자 올림픽의 메인 스타디움으로 들어서는 마지막 성화봉송 주자처럼 위풍당당한 모습이었다. 높이 쳐들고 있는 한쪽 손에 무엇인가가 쥐어져 있었다. 돈뭉치였다. 아버지가 손을 흔들 때마다 돈뭉치는 성화처럼 펄럭거리고 있었다.

13
지옥은 없다

봄이 시작될 무렵이었다.

조 선생이 염려했던 대로 아버지는 어느 날 급작스럽게 쓰러지고 말았다.

처음에는 가까운 개인병원에 입원해 있었으나 정확한 진단을 내릴 수가 없다는 소견이었다. 그래서 응급치료만 받고 서울에 있는 종합병원으로 후송되었다.

종합병원은 입원실이 부족할 정도로 환자들이 들끓고 있었다. 아버지는 근처 여관에서 사흘을 기다린 끝에야 가까스로 입원실을 배정 받을 수 있었다. 각종 검사를 거쳐 정확한 진단을 내리는 데도 일주일이라는 시간이 경과되었다. 아버지가 입원해 있는 동안에 조 선생이 줄곧 보호자의 역할을 담당하고 있었다. 조 선생은 단골들의 호출도 묵살한 채 하루 종일 병상을 지키고 있는 경우도 적지 않았다.

"조기에 발견했더라면 외과적 절제수술로 완치가 가능했을 겁니다. 그러나 지금은 간경변증을 동반하여 기능이 절망적으로 심하게 저하되어 있으므로 수술은 불가능한 상태입니다."

아버지의 병명은 간암이었다.

아버지는 전신이 극도로 쇠약해져 있었다. 뼈만 앙상하게 남아서 마치 미이라를 연상시킬 정도였다. 항암제가 투여된 이후로 머리카락까지 모조리 빠져서 낯선 사람처럼 느껴질 정도였다. 음식도 제대로 먹을 수가 없는 상태였고, 잠도 제대로 잘 수가 없는 상태였다. 아버지는 하루 종일 혈관주사를 매달고 침대만 지키고 있었다. 때로는 교통사고를 당한 환자가 전신에 붕대를 싸바른 모습으로 입원을 하는 수도 있었고, 때로는 인사불성으로 누워 있던 환자가 싸늘한 시체가 되어 영안실로 옮겨지는 수도 있었다. 아버지의 병세는 별다른 변화를 보이지 않고 있었다. 나는 하루 종일 병상을 지키고 있었다. 아버지의 잠든 모습을 보고 있으면 자꾸만 눈물이 앞을 가렸다. 아버지는 입원한 지 두 달 만에 퇴원이 결정되었다. 가망이 없다는 결론에 도달했기 때문이었다. 앞으로 삼 개월을 넘기기가 힘들 거라는 진단이었다.

"고치지도 못했으면서 치료비는 엄청나게 뜯어내는군요."

퇴원수속을 끝내고 병원문을 나서며 조 선생이 말했다.

"치료비라고 생각하지 말고 숙박비라고 생각합시다."

아버지는 초연한 목소리였다.

"그렇다면 서비스는 최하급인데 숙박비는 최고급인 여인숙에서 두 달 동안이나 유숙하신 셈이로군요."

우리는 택시를 잡아타고 종합병원을 빠져나오고 있었다. 어느새 봄이 절정에 달해 있었다. 거리마다 햇빛이 눈부시게 쏟아지고 있었다. 행인들의 옷차림도 화사해져 있었다. 집으로 돌아오자 마당에는 라일락이 한창이었다. 향기가 너무 짙어서 현기증이 느껴질 정도였다.

"난치병은 있어도 불치병은 없다는 말이 있습니다."

다음날 조 선생은 지압을 가르쳐준 노인에게 비방이 있을지도 모른다는 생각으로 정선행을 서두르고 있었다. 그러나 기대만큼의 성과를 거두지는 못했다. 노인이 어디론가 종적을 감추어버린 채 행방이 묘연했기 때문이었다. 그래도 조 선생은 포기하지 않았다. 백방으로 수소문을 해서 간암에 효험이 있다는 약들을 구해 오는 일에 온갖 노고를 게을리 하지 않았다.

"가미소요산이라는 처방입니다. 간에 질병이 생겨 체력이 급격히 저하되고 피로감이 누적되어 전신이 나른할 때, 또는 맥박이 가늘고 빠르며 미열이 계속될 때, 또는 간이 굳거나 부어서 압통이 느껴지고 식욕이 떨어질 때 특히 효험이 있다고 합니다. 간기능 검사가 호전되지 않을 때나, 간경변으로 신경증이나 노이로제 증세가 있으며, 배에 물이 나타나지 않는 경우에 사용해도 효험이 아주

뛰어나다고 합니다."

조 선생은 날마다 부인을 시켜 한약을 달이게 했다. 간암에 좋다는 음식도 만들게 하고, 간암에 좋다는 차도 달이게 했다. 그리고 자기는 틈만 있으면 아버지를 지압하는 일에 열의와 정성을 아끼지 않았다.

"기. 운. 을. 내. 세. 요. 모. 두. 들. 저 두 죽 으 리 라 고 생. 각. 했. 었. 지. 만. 지. 금. 이. 렇. 게. 살. 아. 있. 잖. 아. 요."

부인의 격려였다.

아버지는 병원에 있을 때보다 한결 마음이 평온해져 가고 있는 것 같았다. 수면 시간도 조금씩 늘어나고 있었고, 식사량도 조금씩 늘어나고 있었다. 이제 술은 망각의 강물 저 멀리로 완전히 떠내려가버린 모양이었다. 아버지는 가급적이면 내게 약한 모습을 보이지 않으려고 애를 쓰고 있는 기색이 역력해 보였다.

"생명을 가지고 태어난 이상 언젠가 한번은 죽는 법이다. 나는 교통사고를 당했을 때 이미 죽었어야 할 목숨이었는지도 모른다. 그런데 하나님이 동명이를 만날 인연을 만들어주려고 살려주었다는 사실을 요즘은 날이 갈수록 확연하게 절감하면서 살아가고 있다. 처음부터 각본은 짜여져 있었지. 숙명이라고 이름 지어진 각본이었다. 지금까지 그 각본 바깥으로 한 걸음도 빠져나가본 적이 없었지. 앞으로도 그럴 수밖에 없다는 사실을 나는 잘 알고 있다. 나는 특출한 재능 한 가지를 가지고 있었지. 그렇지만 세상 사람들에게 내놓고 자랑할 수 있는 재능은 아니었다. 하지만 숙고해 보건대, 그 재능을 동명이에게 전수해 주는 일이 가장 핵심적인 요소로 각본에 명기되어 있는지도 모르겠다. 그러나 시간이 그만큼 충분할까. 물론 최선을 다해 보겠지만, 각본에는 내가 어디쯤에서 퇴장하도록 명기되어 있는 것일까. 각본을 쓰신 하나님 외에는 아무도 모르는 일이겠지. 그래도 나는 가급적이면 오래 살아남을 수 있도록 각본을 수정해 달라고 간곡히 기도해 볼 심산이다. 절대로 이 세상에 대한 미련이 남아 있기 때문은 아니다. 단지 동명이가 혼자 살아갈 수 있는 자신감을 얻을 때까지만이라도 곁에 있고 싶다는 소망이 간절하기 때문이다."

아버지는 날이 갈수록 초연해지고 있었다.

그러나 나는 결코 초연해질 수가 없었다. 사내 대장부는 함부로 눈물을 보이지 않는 법이라고 아버지는 몇 번이나 충언했지만, 아무리 이를 악물어도 눈물이 나오는 건 어쩔 수가 없었다. 나는 이제 아무도 몰래 담벼락에 금을 그어놓고 키를 재보는 습관을 버리게 되었다. 그 대신에 아무도 몰래 담벼락에 이마를 기대고 눈물을 흘리는 습관을 얻게 되었다. 아버지가 완치될 수만 있다면 한평생 난쟁이로 산다고 하더라도 하나님을 원망하지 않을 생각이었다.

"오늘부터는 이 차를 식후마다 한 잔씩 드십시오. 담죽엽을 달여서 만든 차입니다. 잎이 무성한 담죽엽의 끝부분만 잘라서 약재로 만들었습니다. 제가 지리산까지 내려가서 친분이 두터운 스님을 통해 얻어온 것인데, 특히 간암에 효과가 있다고 합니다."

조 선생은 아버지의 주치의나 다름이 없었다. 아무리 가까운 친척이라고 하더라도 조 선생만큼 헌신적으로 신경을 써주지는 못할 거라는 생각이 들었다. 하지만 나는 아버지에게 아무런 도움도 주지 못하고 있다는 생각이 들었다. 단지 존재 여부조차 불분명한 하나님께 아버지를 살려달라고 기도만 열심히 되풀이하는 일이 고작이었다.

"정말로 하나님이 있을까요."

나는 어느 날 조 선생에게 물어보았다.

"있겠지."

조 선생의 대답이었다.

"하나님이 있다는 걸 증명할 수 있나요."

"증명할 수 있지."

"어떻게요."

"네가 이 세상에 태어났다는 사실이 그 첫번째 증거이고, 내가 맹인으로 살아가고 있다는 사실이 그 두 번째 증거이며, 누구나 때가 되면 죽는다는 사실이 그 세 번째 증거란다."

조 선생의 말에 의하면, 이 세상에 존재하는 모든 것들이 하나님이 있음을 증명하고 있다는 것이었다. 아침이면 태양이 떠오르는 것도 하나님이 있다는 증거이며, 밤이면 별들이 반짝이는 것도 하나님이 있다는 증거라는 것이었다. 봄이면 복사꽃이 만발하는 것도 하나님이 있다는 증거이며, 겨울이면 함박눈이 내리는 것도 하나님이 있다는 증거라는 것이었다. 하늘이 매연으로 흐려지는 것도 하나님이 있다는 증거이며, 한강이 폐수로 오염되는 것도 하나님이 있다는 증거라는 것이었다. 원자폭탄이 발명되는 것도 하나님이 있다는 증거이며, 천둥번개가 치는 것도 하나님이 있다는 증거라는 것이었다.

"천국과 지옥이 있다는 사실도 믿으세요."

"천국이 있다는 사실은 믿지만 지옥이 있다는 사실은 믿지 않는다."

"왜 지옥이 있다는 사실은 믿지 않으세요."

"원수를 사랑하라는 하나님의 말씀을 믿기 때문이란다."

독생자를 보내어 일곱 번씩 일흔 번이라도 용서하라고 가르치는 자비의 하나님이, 지옥처럼 끔찍한 장소를 만들어놓았을 리가 만무하다는 것이었다.

"하나님의 말씀은 믿으시면서 왜 교회는 다니지 않으세요."

"나는 이 세상 전체를 교회로 생각하면서 살아가는 사람이기 때문이지."

그러나 나는 조 선생의 말들을 명확하게 이해할 수는 없었다. 단지 조 선생이 매우 박학다식하다는 사실만은 의심할 여지가 없었기 때문에 하나님이 존재한다는 그의 주장도 받아들이지 않을 수 없었다.

날마다 일력이 한 장씩 떨어져나가고 있었다. 일력이 한 장씩 떨어져나갈 때마다 병원에서 진단했던 삼 개월이 하루씩 줄어들고 있었다. 죽음의 그림자도 한 걸음씩 아버지 가까이로 다가서고 있었다.

14
태풍경보

지난 새벽 선잠결에 벽 속으로 떼지어 질주해 가는 바람 소리를 들었다. 새벽열차가 설레임의 세월 저편으로 멀어져가는 소리를 들었다. 유년의 꿈들이 매몰되는 소리를 들었다. 나는 새우처럼 몸을 웅크리고 있었다. 바람 소리가 점차로 높아져가고 있었다. 이따금 창문이 밭은기침 소리를 뱉어내고 있었다. 텅 빈 내 늑골 속으로 절망의 새떼들이 푸득푸득 날아가고 있었다. 나는 하늘을 향해 끊임없이 구조신호를 보내고 있었다.

15
번개손

"아버지의 전직은 소매치기였다."

어느 날 나는 아버지로부터 충격적인 고백을 듣게 되었다.

여름이 시작되고 있었다. 아버지의 건강은 병원에 있을 때보다는 다소 나아져 있는 상태였다. 아버지의 강인한 의지력과 조 선생의 정성어린 간병 때문인 것 같았다.

아버지는 날짜를 헤아릴 수 있는 도구들을 모조리 방 안에서 제거해 버린 지 오래였다. 텔레비전도 벽장 속에 감금시켜 버렸고, 라디오도 벽장 속에 감금시켜 버렸다. 일력도 벽장 속에 감금시켜 버렸고, 시계도 벽장 속에 감금시켜 버렸다. 신문도 구독하지 않았다.

아버지는 방 안에서만 생활했다. 방 안에서는 도무지 시간의 흐름을 종잡을 수가 없었다. 바깥에 나가야만 태양의 위치나 초목의 푸르름 따위로 시간을 짐작할 수가 있었다.

"어릴 때는 배고픔이 가장 두려운 적이었다."

고백에 의하면, 아버지는 어느 날 배고픔을 견디다 못해 소매치기로 나서야겠다는 결심을 하게 되었다. 다분히 즉흥적인 발상이었다. 그러나 첫번째 시도부터 실패였다.

"아버지는 서울역 대합실에서 어느 노신사의 호주머니를 노리고 있었다."

노신사는 대합실 의자에서 열차를 기다리다가 잠시 졸음에 빠져 있었다. 양복 안주머니 속에 넣어둔 지갑 끄트머리가 아까부터 아버지의 시선을 잡아끌고 있었다. 자꾸만 가슴이 뛰고 있었다. 아버지는 노신사 곁에 바싹 붙어서 아주 조심스럽게 손을 안주머니로 접근시키고 있었다. 아무에게도 배운 적이 없는 솜씨였다. 긴장 때문에 숨이 멎어버릴 것만 같았다. 마침내 지갑 끄트머리가 손에 닿는 감촉이 느껴져 왔다. 아버지는 지갑 끄트머리를 집게손가락으로 가만히 잡아당겨보았다. 그때였다.

"이런 기술로는 송장 호주머니 속에 들어 있는 지갑조차도 꺼내가지 못하겠구나."

어느새 노신사는 아버지의 손목을 다부지게 움켜잡고 있었다. 뿌리쳐 보았으나 꼼짝달싹도 하지 않았다.

"그 노신사가 바로 천도척이라는 사람이었지."

본명은 천영두(千榮斗)였으나 세인들에게는 천도척이라는 별명으로 더 잘 알려져 있었다. 장안의 소매치기들에게는 우상으로 추앙 받는 인물이었다. 그러나 활약상을 알고 있는 사람은 많아도 얼굴을 알고 있는 사람은 드물었다. 아버지는 그날 있었던 일을 계기로 천도척의 수하가 되어 전문적인 소매치기 교육을 받게 되었다.

"도척은 장자라는 책에 등장하는 도적의 이름이지."

그 유명한 공자님이 도척을 설득하러 갔다가 호되게 욕만 얻어먹고 혼비백산해서 허겁지겁 도망치고 말았다는 아버지의 설명이었다.

아버지의 설명에 의하면, 도척은 공자님을 털끝만큼도 존경하지 않았다는 것이었다. 적당히 말을 만들어 문왕이나 무왕을 함부로 칭찬하고, 머리에는 요란하게 장식된 관을 쓰고 있으며, 허리에는 쇠가죽으로 만든 띠를 두르고 수다스럽게 지껄여대는 인물. 농사를 짓지 않고도 음식을 먹거나, 옷감을 짜지 않고도 의복을 입으며, 입술과 혀를 움직여 제멋대로 시비를 만들고, 천하의 군주를 미혹케 하거나 천하의 학자를 본성으로 되돌아가지 못하게 하며, 부귀한 신분이나 탐하는 인물이라는 것이었다. 네 죄는 크고 네 벌은 무거우니 당장 꺼져버리도록 하라. 그러지 않으면 점심때 네 간으로 반찬을 만들어 먹고야 말겠다. 도척은 공자님에게 그렇게 호통까지 쳤다는 것이었다. 공자님은 빠른 걸음으로 도망쳐서 수레에 오르기는 했으나 세 번이나 고삐를 놓쳤고, 눈에는 아무것도 보이지 않았으며, 안색은 잿빛으로 질려 있었다는 것이었다.

도척은 도둑에게도 도(道)가 있다고 주장했는데, 방 안에 무엇이 있는지 잘 알아맞히는 게 성(聖)이고, 들어갈 때 선두에 서는 것이 용(勇)이며, 나올 때 맨 뒤에 있는 것이 의(義)이며, 되는지 안 되는지를 아는 것이 지(知)이고, 분배를 공평하게 하는 것이 인(仁)이며, 뒤주 속에 한 끼를 남겨두는 것이 예(禮)라는 것이었다.

그러나 아버지의 진단에 따르면 오늘날의 두둑들은 지가 무엇인지도 모르고 있었으며, 용이 무엇인지도 모르고 있었다. 의가 무엇인지도 모르고 있었으며, 인이 무엇인지도 모르고 있었다. 오직 알고 있는 것은 재물뿐이었다.

"공자님을 호령했던 도척이 오늘날 앞 못 보는 장님의 호주머니나 면도날로 찢고 다니는 소매치기를 보면 도대체 어떤 표정을 지을까."

분명히 벌레 취급도 받지 못하리라는 것이 아버지의 판단이었다. 아버지의 스승격인 천도척이 활동하던 시대만 하더라도, 그런 소매치기는 서울 장안에 발을 붙일 수가 없었다는 것이었다. 소매치기에게는 갖추어야 할 세 가지의 덕목과 지켜야 할 네 가지의 덕목이 있는데, 이를 일컬어 삼감사수(三感四守)라고 한다는 것이었다. 삼감은 예감(豫感)·육감(肉感)·쾌감(快感) 세 가지였고, 사수는 분배엄수(分配嚴守)·정의준수(正義遵守)·의리사수(義理死守)·비밀고수(秘密固守) 네 가지였다.

"소매치기는 예감으로써 그날의 재수를 알며, 육감으로써 고객의 빈부를 알며, 쾌감으로써 재물의 가치를 알아야 한다. 뿐만 아니라 절대로 금품을 혼자 독식하지 않는 분배엄수와 절대로 가난한 자의 호주머니를 털지 않는 정의준수와 절대로 동지를 고발하지 않는 의리사수와 자신이 소매치기임을 자신조차도 모르게 하는 비밀고수의 원칙을 지켜야 한다."

그러나 아버지의 시대에도 삼감이 발달하지 못한 초보자들 때문에 가끔 오바이트를 하는 경우가 있었다는 것이었다.

"소매치기해 온 돈을 되돌려주는 일을 오바이트라고 하지."

아무리 비정한 소매치기라고 하더라도 일가족의 생계가 막연해지는 결과만은 초래하지 않는다는 불문율을 가지고 있었던 모양이었다. 시골 농부가 소를 팔아서 마련한 아들의 등록금. 가난한 아낙네가 곗돈을 부어서 장만한 남편의 사업자금. 어린 여공이 푼푼이 모아서 마련한 노모의 병원비 따위는 사연을 알기만 하면 되돌려주는 것을 원칙으로 삼았다는 것이었다.

"아버지의 별명은 번개손이었다."

아버지는 천도척의 수하에서 철두철미하게 소매치기 교육을 이수했고, 가장 장래가 촉망되는 소매치기로 군림하게 되었다. 천도척이 노환으로 세상을 하직할 무렵쯤에는 기술이 최고조에 달해 있었다. 번개손은 아직도 소매치기들 사이에서 신화적인 존재로 기억되고 있었다.

"아버지는 아무런 도구도 사용하지 않는다."

아버지는 오로지 맨손으로만 승부를 겨루는 정통파 소매치기였다. 절대로 면도날 따위로 양복이나 핸드백에 손상을 가하는 야만

적 행동은 저지르지 않았다.

"핸드백을 만드는 기술도, 양복을 만드는 기술도 하루아침에 얻어지는 것이 아니다. 뼈저린 고통과 쓰라린 눈물을 몇 년 동안이나 감래한 다음에라야 얻어지는 것이다. 그들이 핸드백을 재단하거나 양복을 바느질할 때 쏟아 부은 정성을 생각하면, 절대로 면도날 따위로 그것은 난도질할 엄두가 나지 않을 것이다. 그것을 난도질하는 행위는 그들의 가슴을 난도질하는 행위나 다름이 없기 때문이다."

아버지는 맨손으로만 승부를 겨루는 소매치기를 공수요원(空手要員)이라고 지칭했고, 면도날 따위를 사용하는 소매치기를 무장공비(武裝共匪)라고 지칭했다. 그러나 금세기에 이르러서는 무장공비만 기승을 부리고 있다는 것이었다. 공수요원은 멸종위기에 놓여 있다는 것이었다. 아버지가 마지막 생존자라는 것이었다.

"아버지는 언제나 단독으로만 행동했었지."

일반 소매치기들은 대개 구역과 조직을 가지고 있었지만 아버지는 예외였다. 어떤 구역에서도 제약을 받지 않았으며, 어떤 조직에게도 간섭을 받지 않았다. 확고부동한 명성 때문이었다.

"현장에서 범행을 발각당한 적은 한번도 없었다."

아버지는 그만큼 신묘한 기술을 가지고 있었다. 어느 장물아비가 익명으로 경찰에 정보를 제공하기 전까지는 용의선상에도 오른 적이 없었다.

"몇 번 귀중품을 거래한 적이 있는 장물아비였지."

그러나 아버지는 경찰에서 끝까지 범행을 부인했다. 경찰은 물증을 확보하기 위해 백방으로 노력을 기울였으나 결국 실패하고야 말았다.

"증거 불충분으로 풀려나 집에 돌아와보니 마누라가 없었다."

경찰에 정보를 제공했던 장물아비와 어디론가 종적을 감추어버렸다는 소문이었다. 그때부터 아버지는 술에 절어 살게 되었고 어느 날 새벽 만취된 채로 건널목을 건너다 교통사고를 당하고 말았다. 하루아침에 다리와 직업을 몽땅 잃어버린 셈이었다. 차츰 아버지는 소외되어 가고 있었다. 차츰 세상도 변해 가고 있었다.

"이제 유전무죄 무전유죄라는 말이 관습처럼 당연한 사실로 받아들여지고 있다."

아버지는 일부 몰지각한 소매치기들이 상대의 빈부 여하를 가리지 않고, 무분별하게 면도날을 휘두르면서 천방지축으로 만행을 저지르는 풍토에 대해서 지독한 혐오감을 표명해 보였다.

"정통파 소매치기는 상류층의 호주머니가 아니면 절대로 눈길을 주지 않는다. 상류층의 재물은 수문이 고장나버린 저수지의 물과 같아서 좀처럼 하류층으로 방류되지 않는 특성을 가지고 있다. 논바닥이 마르고 벼들이 타죽어 아우성을 쳐도 수문은 열리지 않는다. 그러나 상류층에 고인 채로 순환되지 않는 물은 하류층의 생명계에만 치명적인 영향을 미치지는 않는다. 시간이 지날수록 악취를 풍기는 폐수로 변하고, 종국에는 거기에서도 아무런 생명체가 살아남을 수 없는 결과를 초래하고야 만다. 정통파 소매치기는 상류층에 고여 있는 저수지의 물을 얼마간이라도 하류층으로 흘러보내는 존재들이다. 그렇기 때문에 재산분배업자라고 자처할 수가 있는 것이다.”

아버지의 시각대로라면 세상은 종말을 향해 숨가쁘게 내달아가고 있었다. 진정한 사랑도 소멸되어 있었고, 진정한 용기도 소멸되어 있었다. 진정한 우정도 소멸되어 있었고, 진정한 의리도 소멸되어 있었다. 돌아서면 모두가 적이었다. 정치가는 정치가를 잡아먹고, 사업가는 사업가를 잡아먹었다. 지식인은 지식인을 잡아먹고, 종교인은 종교인을 잡아먹었다. 배반이 현명한 처사로 인식되고, 신의가 우매한 소치로 평가되는 시대가 도래해 있었다.

도처에서 국적불명의 문화 쓰레기들이 홍수처럼 범람하고 있었다. 그 속으로 역사가 매몰되고 있었고 전통이 매몰되고 있었다. 낭만이 매몰되고 있었고, 추억이 매몰되고 있었다.

“삼감사수만 사라져버린 것이 아니라 삼강오륜까지 사라져버렸다.”

군신이 서로 총부리를 겨누고, 부자가 서로 주먹질을 해대며, 부부가 서로 칼부림을 해대는 세상이었다. 재물을 탐하여 친구를 모함하고, 권력을 탐하여 스승을 비방하는 사례도 빈번했다.

“악덕은 재물에 가려서 보이지 않고 미덕은 빈곤에 가려서 보이지 않는다는 말이 있다.”

아버지의 지론대로라면 이제 세상은 거꾸로 돌아가고 있었다. 사기협잡을 일삼는 모리배들은 호화주택을 차지하고 고급 승용

차를 굴리면서 살아가고, 청렴결백을 고수하는 선량들은 전세방 신세를 면치 못한 채 콩나물 버스에 시달리면서 살아가는 세상이었다. 가짜가 우대 받고, 진짜가 천대 받는 시대였다. 인간의 가치는 점차로 낮아져 가는 데 돈의 가치만 점차로 높아져 가고 있었다. 모두가 정도(正道)를 상실하고 있었다. 모두가 혼란에 빠져 있었다.

16
정통 소매치기 교본

"이번에는 얼마일까."

"오십만 원쯤이요."

"틀렸다."

"그럼 얼마예요."

"빈털터리다."

아버지가 휠체어를 타고 내 앞을 통과하면 수중에 얼마의 금액이 들어 있는가를 알아내는 훈련이었다. 처음에는 적중률이 형편없었다. 열 번 중에 겨우 한두 번밖에 알아내지 못할 정도였다. 그것도 순전히 우연에 의해서였다. 그러나 아버지는 놀라운 적중률을 가지고 있었다. 역할을 바꾸어 시험해 보면 한번도 틀리는 경우가 없었다.

"집중력을 길러야 한다."

어느 날 아버지는 벽에다 만 원짜리 지폐 한 장을 붙여놓고 그 위를 검은색 종이로 발라버렸다.

"만 원짜리 지폐가 선명하게 투시될 때까지, 정신을 집중해서 검은색 종이를 응시하는 습관을 기르도록 하여라."

아버지의 지시였다.

나는 하루에도 몇 시간씩 정좌한 자세로 검은색 종이를 응시하는 일에 몰두해 있었다. 때로는 바로 곁에서 아버지가 내 이름을 불러도 전혀 의식하지 못할 지경이었다.

나는 날이 갈수록 잡념이 줄어들면서 의식이 증류수처럼 투명해지고 있었다. 몇 달이 지나자 검은색 종이 위에 만 원짜리 지폐가 희미하게 형체를 드러내는 현상도 체험하게 되었다. 이따금 아버지가 몰래 만 원짜리 지폐를 제거해 버려도 나는 대번에 알아낼 수가 있었다.

"지금 내 수중에는 얼마쯤의 현찰이 들어 있을까."

"백만 원쯤이요."

"어디에 들어 있을까."

"왼쪽 안주머니요."

"역시 천재는 다르구나."

나는 날이 갈수록 적중률이 높아져 가고 있었다. 아버지는 놀라움을 금할 수가 없다는 표정이었다.

"우수한 공수요원이 되려면 필수적으로 네 가지의 기초과정을 이수해야만 한다."

그 첫째가 심법(心法)인데 마음으로써 공격대상을 선별하는 방법이며, 그 둘째가 안법(眼法)인데 눈으로써 적정장소를 선택하는 방법이며, 그 셋째가 수법(手法)인데 손으로써 목적물을 탈취하는 방법이며, 그 넷째가 보법(步法)인데 발로써 자기안전을 도모하는 방법이었다.

"심법을 터득하지 않은 무장공비는 선인이건 악인이건 수중에 금품만 소지하고 있으면 무조건 공격대상으로 간주하지만, 심법을 터득한 공수요원은 수중에 아무리 많은 금품을 소지하고 있다고 하더라도 결코 선인을 공격대상으로 간주하지는 않는다."

아버지는 심법을 터득하려면 우선 욕심부터 버려야 한다는 것이었다. 선인을 알아보려면 자신의 마음을 선인으로 가꾸는 방법밖에 없기 때문이라는 것이었다.

아버지의 가르침에 의하면, 아직도 세상에는 불쌍한 사람들이 부지기수로 널려 있었다. 동생들을 부양하기 위해 학업을 포기하고 직업전선에 뛰어든 고등학생도 있었고, 반신불수인 홀어머니를 모시고 꼭두새벽에 신문을 배달하며 생계를 이어가는 초등학생도 있었다. 자식이 질병으로 죽어가고 있어도 집안이 가난해서 병원 문턱에도 가보지 못한 어머니도 있었고, 무허가 판잣집이 헐리는 바람에 처자식을 친척집에 맡겨놓고 날품팔이를 하러 다니는 아버지도 있었다. 자식들에게 버림을 받아 굴신도 못하는 육신으로 문전걸식을 하며 목숨을 부지해 가는 할아버지도 있었고, 행상 보통이를 머리에 이고 신경통으로 욱씬거리는 다리를 절름거리며 주택가를 순례하는 할머니도 있었다.

"공수요원은 절대로 그런 사람들을 공격대상으로 삼아서는 안 된다."

그런 사람들은 공격대상이 아니라 보호대상이라는 것이었다. 자신의 사리사욕을 채우기 위해서 금품을 필요로 하는 무장공비가 그런 사람들을 공격대상으로 삼는다는 것이었다.

"탐관오리들은 대부분 사리사욕을 채우는 일에만 혈안이 되어 있고, 불쌍한 사람들을 구제하는 일에는 관심조차 기울이지 않는 특성을 미덕인 양 간직하고 있지."

그런 사람들이야말로 공수요원의 적합한 공격대상이라는 것이었다.

아버지의 소견에 의하면, 그들은 사치를 인격도야에 필요한 선택과목으로 채택하고, 허영을 정신수양에 필요한 필수과목으로 채택해서 인생을 살아가는 사람들이었다. 수십억 원짜리 주택과 수천만 원짜리 승용차와 수백만 원짜리 의상과 수십만 원짜리 식사를 향유하면서도 탐욕을 멈추지 않는 습성들을 가지고 있었다. 동해물과 백두산이 마르고 닳도록 재물을 긁어모으는 일에만 전심전력을 기울이고 있었다.

"그런 사람들의 마나님은 대개 핸드백 속에서 백만 원쯤의 돈뭉치가 감쪽같이 사라져버려도 눈썹 하나 까딱하지 않는다."

심법을 터득하게 되면 저절로 그런 마나님들이 식별된다는 것이었다. 그러나 심법을 터득했다고 아직 절대안전을 보장할 수는 없다는 것이었다. 안법과 수법과 보법을 겸비해야 한다는 것이었다.

"공격대상이 완전히 경계심을 풀고 어떤 대상에 몰두해 있는 장소를 작전지점으로 선택해야 한다."

감시카메라나 대형거울이나 주변인물들에게 자신의 모습이 포착되지 않는 위치, 발각당했을 경우 붙잡히지 않고 신속하게 도주할 수 있는 공간적 조건. 임무수행에 도움이 되거나 방해가 되는 지형지물의 선별. 모두가 안법에 의해서 결정되는 요소들이었다.

"무장공비들조차도 공격대상이 목표물과 같은 방향으로 시선을 돌리고 있을 때는 작전을 감행하지 않는다. 실패할 확률이 높기 때문이지. 무장공비들은 바람잡이를 이용해서 공격대상의 신경을 목적물의 반대편으로 쏠리도록 유도하는 수법을 상용하지. 가령 어떤 여자가 오른쪽 손에 핸드백을 들고 있다고 가정하자. 그 속에 들어 있는 금품을 탈취하려면 바람잡이는 우선 그 여자의 왼쪽 어깨에 강한 충격을 가하는 따위의 수법을 상용한다. 또 어떤 남자의 왼쪽 상의 주머니에 들어 있는 금품을 노리고 있다면, 바람잡이는 그 남자의 오른쪽 발등에 강한 충격을 가하는 따위의 수법을 상용한다. 당연히 공격대상은 충격을 받은 부분에 온 신경을 집중시키지 않을 수 없겠지. 그 순간에 기술자는 전광석화처럼 목적물을 탈취해 버린다."

그러나 단독으로 행동하는 공수요원은 그런 수법을 쓸 수가 없었다. 공격대상이 목적물의 반대편에 신경을 집중시키는 순간이 와줄 때까지 인내심을 가지고 끈질기게 기다리는 수밖에 없었다.

"안전제일이라는 말이 있다. 지극히 흔해 빠진 말이지만 지극히 교훈적인 말이기도 하지. 공수요원에게 필요한 네 가지 기초과정 중에서 심법은 작전개시 이전에 쓰여지는 항목이고, 나머지는 모두 작전개시 이후에 쓰여지는 항목들이다. 그리고 작전개시 이후에 쓰여지는 항목들은 한결같이 안전에 그 주안점을 두고 있다는 사실을 명심해야 한다. 그중에서도 수법은 가장 실질적인 항목이지."

어느 날 조 선생의 장모님이 병환중이라는 연락을 받고 부부가 건넌방을 비운 사이, 아버지의 주문에 의해 몇 가지의 물품들이 집으로 배달되었다. 여러 종류의 핸드백과 여러 명의 마네킹과 여러 개의 방울들이었다. 핸드백들은 각기 다른 유형의 잠금장치를 가지고 있었다. 지퍼형도 있었고, 호크형도 있었다. 접착형도 있었고, 밴드형도 있었다. 고리형도 있었고, 물림형도 있었다. 주머니형도 있었고, 비틀림형도 있었다.

"절대로 소리가 나지 않도록 유념해야 한다."

아버지는 방 한켠에다 마네킹들을 적당히 배치해 놓았다. 마네킹들은 저마다 방울들이 주렁주렁 매달려 있는 의복과 핸드백을 착용하고 있었다.

"자신의 몸 전체를 안개처럼 만들어서 스며드는 느낌으로 목적물을 탈취하는 감각을 익히도록 해야 한다."

아버지가 마네킹에 접근해서 핸드백을 열고 목적물을 탈취한 다음 다시 핸드백을 잠글 때까지, 방울들은 전혀 소리를 내지 않았다.

"핸드백을 다시 잠그는 일을 소홀히 하면, 예민한 사람일 경우에는 의외로 사태를 빨리 눈치채게 되어 도망칠 시간이 충분치 않은 결과를 초래하기도 하지. 매사에 완벽을 기하는 습관을 가지도록 해야 한다."

그러나 아직 나는 핸드백을 닫는 단계에까지 생각할 겨를이 없었다. 미처 손을 대기도 전에 방울들이 요란한 소리로 비명을 질러대기 때문이었다. 방울들은 결코 무생물이라는 생각이 들지 않았다. 그 어떤 생명체보다도 민감한 감각능력을 가지고 있었기 때문이었다. 조금만 접촉을 해도 즉각적으로 신경질적인 반응을 나타내는 특성을 가지고 있었다.

"요즘은 자주 안방에서 방울 소리가 들리던데 무슨 일입니까."

어느 날 조 선생이 물었다.

"동명이에게 여러 종류의 동물인형들을 사주었는데, 모두 모가지에 방울들이 매달려 있어서 그것들을 가지고 놀 때마다 딸랑거리는 소리가 났던 거요."

아버지의 태연한 대답이었다.

조 선생은 전혀 의심을 하지 않는 표정이었다.

"나를 보호하기 위한 거짓말은 하더라도 남을 해치기 위한 거짓말은 하지 말아야 한다."

조 선생이 자리를 뜨고 난 다음에 아버지가 내게 들려준 말이었다.

비밀고수의 원칙을 지키기 위해서 필연적으로 거짓말을 할 수밖에 없지만, 그로 인해 상대편이 물질적으로 피해를 당하거나 정신적으로 상처를 입지 않도록 세심한 주의를 기울여야 한다는 당부였다.

"기술과 요령을 터득하고 응용하는 속도가 나보다 몇 배나 빠르구나."

아버지는 수시로 나를 칭찬해 주었다. 나는 절로 기분이 좋아져서 아버지의 비술들을 전수 받기 위해 거의 식음을 전폐할 정도로 열성을 나타내 보였다. 시간이 흐르면서 차츰 방울 소리가 줄어들고 있었다. 내가 생각하기에도 신기한 일이었다.

"이번에는 한 개의 방울 소리도 울리지 않았다."

어느 날 마침내 나는 한 개의 방울 소리도 울리지 않고 핸드백을 닫는 과정까지 통과할 수가 있었다. 그러나 아버지는 아직 완벽한 솜씨라고는 생각할 수 없다는 것이었다.

"방울 소리가 들리지 않았기 때문에 무조건 성공을 거두었다고 생각하면 오산이다. 현장에서 사람들이 실지로 마네킹들과 똑같은 거리와 각도를 유지하고 있었다면 너는 틀림없이 세번째 여자에게 발각당하고 말았을 것이다. 앞으로 안전각도를 찾아내는 감각에 더욱 주력해야겠다."

아버지는 하루에도 몇 번씩 마네킹들의 위치를 바꾸어놓고 가장 안전한 공격대상을 선별하는 방법을 터득하도록 만들어주었다.

"만약 들켰을 경우에는 목적물을 본래의 장소에 도로 집어넣는 방법도 알아야 한다. 목적물을 본래의 장소에 도로 집어넣을 만한 시간적 여유가 없을 때는 다른 사람의 수중으로 이전시키는 방법을 쓰기도 한다."

나는 많은 묘법들을 터득하게 되었고 많은 결함들을 보완하게 되었다. 그리고 마침내 아버지가 나를 실전에 임해도 손색이 없는 공수요원으로 인정하는 날이 오게 되었다. 몇 달만 실전경험을 익혀도 천도척을 능가할 수 있을 정도의 실력을 갖추게 되었다는 것이었다.

"보법은 공격대상을 선별해서 미행하는 순간부터 임무를 수행하고 귀가하는 순간까지 안전에 절대적으로 필요한 요소라는 사실을 잊지 말아야 한다."

나는 하루에 오백 번 이상 줄넘기를 해야 했다.

때로는 달팽이처럼 여유롭게 때로는 물고기처럼 민첩하게 때로는 두더지처럼 은밀하게 때로는 너구리처럼 교활하게 전후좌우 종횡무진으로 자신을 이동시키는 방법도 숙달시켜야 한다는 것이었다.

나는 전적으로 아버지의 명령에 순종했다. 아버지를 기쁘게 해드릴 수만 있다면 무슨 일이든지 불사하겠다는 각오였다. 바깥에 나가 보면 구름산의 나무들이 하루가 다르게 초록빛을 잃어가고 있었다. 하늘도 차츰 높아지고 있었다. 바람도 차츰 서늘해지고 있었다. 어느새 가을이 당도해 있었다.

17
안전수칙

아버지는 계절의 변화 따위에는 일절 관심이 없었다. 오직 나를 공수요원으로 육성시키는 일에만 전심전력을 기울이고 있었다. 가을이 당도해도 두문불출이었고, 겨울이 당도해도 두문불출이었다. 아버지는 병원에서 예고했던 기간보다 무려 일 년이나 더 죽음을 연장시키고 있었다. 다시금 화창한 봄이 도래해 있었다.

"오늘은 조 선생의 수중에 있는 돈을 한번 소매치기 해보아라."

어느 날 아버지가 내 기술의 척도를 가늠하기 위해 하달한 특명이었다. 조 선생은 외출중이었다. 아버지는 조 선생이 정상인보다 신경이 예민한 장애자일 뿐만 아니라, 한 번 소매치기를 당한 경험이 있기 때문에 경계심이 강화되어 수월치 않으리라는 추측이었다.

"이제야 나타나시는구나."

초인종 소리가 들린 것은 자정이 조금 지나서였다.

"긴장을 풀어야지."

자리에서 일어서자, 아버지가 공연한 우려를 표명해 보였다. 그러나 나는 조금도 긴장하지 않고 있었다. 아무리 조 선생이 예민할지라도 방울만큼은 예민하지 않으리라는 생각 때문이었다.

"안녕히 다녀오셨어요."

나는 습관적인 인사를 건네며, 조 선생이 대문 안으로 들어서기를 기다리고 있었다. 달빛 속에서 짙은 라일락 향기가 맡아져 오고 있었다.

"별일은 없었겠지."

조 선생은 아무런 경계심도 없이 대문 안으로 들어서고 있었다. 나는 태연히 조 선생의 한쪽 팔을 부축하고 마당을 가로지르고 있었다.

"아버지는 오늘 좀 어떠시더냐."

"저녁때 죽을 한 공기쯤 드셨어요."

"다행이로구나."

나는 마당을 가로지르며 작전을 수행할 수 있는 시간이 너무 짧다는 생각을 하고 있었다. 기회를 기다릴 수가 없는 상황이었다. 나는 온 신경을 집중시켜 조 선생의 전신을 탐색하고 있었다. 조 선생의 양복 안주머니로부터 약한 전율감이 느껴지고 있었다. 전율감의 강도로 보아 대략 십오만 원 정도의 현찰이 들어 있으리라는 추정을 하고 있었다. 나는 기회를 기다려서는 안 된다는 결론에 도달하게 되었다. 기회를 기다려서는 안 된다면 기회를 직접 만드는 방법밖에 없다는 생각이 들었다.

"바지에 껌이 붙어 있는 건가요."

마당은 가로질러 현관 가까이에 두닥했을 때였다. 나는 호들갑을 떨며 조 선생의 오른쪽 바지 하단을 손으로 문지르기 시작했다.

"뭐가 묻어 있냐."

조 선생이 허리를 숙여 손으로 바지 하단을 만져보고 있었다.

"종이조각이었어요."

내가 천연덕스럽게 말했다.

조 선생은 이내 안심하는 표정으로 상체를 일으키고 있었다. 목격자는 아무도 없었다. 현관문을 열자 조 선생 부인이 잠에서 덜 깬 표정으로 건넌방에서 모습을 드러내고 있었다.

"힘. 드. 셨. 지. 요."

"김 선생님 병환이 어떠신가 궁금하니, 당신은 먼저 들어가 주무시도록 하시오."

조 선생은 부인을 건넌방으로 들여보내고, 안방 쪽으로 걸음을 옮겨놓고 있었다.

"차도가 좀 있으십니까."

"덕분에 현상유지는 되고 있소이다."

여기까지는 날마다 반복되는 장면이었다.

"약은 거르지 않으셨지요."

"물론이오."

"지압을 좀 해드릴까요."

"괜찮소이다."

아버지는 조 선생과 대화를 나누면서도 내게로만 관심을 집중시키고 있었다. 자꾸만 눈짓을 보내면서 결과가 어떻게 되었는지를 물어보고 있었다. 나는 한쪽 손으로 습득물을 쳐들어 보이면서 다른 손으로 동그라미를 만들어 보였다. 아버지는 그제서야 입가에 회심의 미소를 떠올려 보였다.

"그럼 이만 건너가보겠습니다."

조 선생이 자리에서 일어서고 있었다. 아버지는 황급히 내게 손짓을 해보였다. 습득물을 되돌려주라는 신호였다. 나는 다시 한쪽 손으로 동그라미를 만들어 염려 말라는 신호를 보내주었다. 그러나 이번에도 시간은 너무 촉박했다. 나는 아버지가 보고 있다는 사실이 다소 부담스럽기는 했지만, 당장 작전을 개시하는 도리밖에 없다는 판단을 내리게 되었다. 조 선생을 부축해서 방문 쪽으로 돌아서는 척하면서 의도적으로 조 선생의 발목에 걸려 쓰러지듯 비틀거렸다. 예상대로 조 선생이 다급하게 허리를 굽히며 두 팔로 내 몸을 감싸안았다. 성공이었다. 그 순간에 모든 작전은 신속하게 종료되었다.

"꺼낼 때는 어떤 방법을 썼는지 말해 보아라."

조 선생이 자리를 뜨고 나자 아버지가 내게 물었다. 나는 바깥에서 있었던 일을 소상하게 들려주었다.

"그만하면 나보다 한 수 위로구나."

아버지는 매우 만족스러운 표정이었다.

"최상의 기술만이 최대의 안전을 보장할 수 있다."

내게 기술을 전수할 때의 아버지는 언제나 엄격했다. 귀신도 눈치채지 무학 기술이라고 감탄을 연발하면서도, 조금만 긴장이 흐트러지는 기색이 보이면 절대로 용납하지 않았다. 때로는 매질도 불사했다. 나는 하루의 모든 시간을 수련에만 전념했다. 심지어는 꿈속에서까지 마네킹 사이를 누비며 핸드백을 뒤적거릴 정도였다. 그러나 조 선생의 수중에 들어 있는 돈을 탈취하는 일에 성공한 그날부터 아버지는 마네킹과 핸드백들을 모조리 폐기해 버렸다. 증거인멸이 생활화되어 있음을 직접 보여주는 행동이었다.

"가급적이면 백화점을 거점으로 활동하도록 해라."

아버지가 선택해 준 나의 주무대는 백화점이었다. 백화점은 상류층이 가장 많이 들끓는 황금어장이라는 것이었다. 그러나 감시 카메라나 공안원이나 구역 무장공비에게 노출되지 않도록 각별히 유의해야 한다는 사실을 아버지는 몇 번이나 내게 주지시켜 주었다.

"분배는 삼칠제를 원칙으로 한다."

불쌍한 사람에게 칠을 나누어주고, 내가 삼을 가지라는 지시였다. 나는 아버지가 그동안 어째서 더 많은 사람들을 공수요원으로 양성하지 않았는지 불만스러울 지경이었다. 공수요원이 많으면 많을수록 불쌍한 사람은 그만큼 줄어들 거라는 생각 때문이었다. 나는 기회가 주어진다면 전국민의 공수요원화에 전심전력을 기울일 작정이었다.

그러나 아버지는 반대였다. 가급적이면 성년이 되기 이전에 다른 직업을 물색해서 은퇴하도록 계획을 세우고, 만약 피치 못할 인연으로 누구에게 기술을 전수해야 할 때가 오더라도 세 명을 초과하지 않도록 유념해야 한다는 것이었다. 아무리 공수요원이 무장공비와는 다르게 행동한다고 하더라도 일반적으로는 남의 재산을 도둑질하는 죄인임을 부인할 수가 없으며, 항시 감옥으로 직행할 위험성이 도사리고 있기 때문이라는 것이었다. 그리고 기술을 전수해야 할 때 세 명을 초과하지 않도록 하는 것은, 공수요원의 전통적인 불문율이라는 것이었다.

"검거되는 순간에 자동적으로 공수요원의 자격은 상실된다."

단 한번이라도 실형을 받게 되면 자진해서 은퇴를 하라는 명령이었다. 아버지는 하루에도 수십 번씩 안전이라는 단어를 주입시키는 일에 골몰해 있었다. 내 두개골을 절단하면 뇌세포보다 안전이라는 단어가 더 많은 수량을 차지하고 있을 것 같았다.

"문제없어요."

나는 자신이 있었다. 몇 달 전 아버지의 호주머니 속에 들어 있는 지폐와 마네킹이 들고 있는 핸드백 속의 지폐를 몇 번이나 바꾸어서 옮겨놓아 본 적이 있는데, 달인의 경지에 달해 있는 아버지조차 한번도 눈치를 채지 못했을 정도였다.

"경계심은 성공의 아버지고, 자만심은 실패의 어머니라는 사실을 항시 명심해야 한다."

아버지는 귀중품이나 수표에는 절대로 손을 대지 않도록 하라는 사실도 거듭해서 당부해 두었다.

"귀중품은 처분할 때 장물아비가 개입되어야 하고, 필연적으로 완벽한 보안이 유지되지 않는다. 수표도 처분하고 나서 여러 가지 방식으로 추적당할 염려가 있기 때문에 위험부담이 따르기는 마찬가지다."

현찰이 가장 안전하다는 요지였다.

"붙잡히면 무조건 감옥살이를 하게 되나요."

"그 정도의 실력이라면 절대로 붙잡힐 염려는 없겠지만, 만약 붙잡히게 되면 신속하게 증거부터 인멸시키는 일이 중요하다."

증거를 확실하게 인멸한 뒤에는 끝까지 오리발을 내밀도록 하라는 지시였다. 법무부 장관보다 더 강력한 빽은 오리발이고, 오리발보다 더 강력한 빽은 토끼발이라는 것이었다.

"토끼발이 뭔데요."

"도망치는 거지."

만약 신분이 노출되었을 경우에는 시골로 피신해서 몇 달 동안 은신해 있도록 하라는 지령이었다.

"강원도 홍천에 가면 김상훈이라는 사람이 경영하는 양화점이 있다."

아버지의 설명에 의하면, 김상훈이라는 사람은 공수요원의 족보로 따지자면 내게 삼촌뻘이 되는 사람이었다. 칼새라는 별명을 가지고 있었다. 한때는 아버지에게 기술을 전수 받아 공수요원으로 활약했지만, 아버지보다 먼저 은퇴해서 지금은 평범한 서민으로 살아가고 있었다. 아버지와는 호형호제하는 사이로 나이는 일곱 살이나 아래였다.

"그동안 과거에 대한 기억을 일깨워주고 싶지 않아서 아버지 쪽에서 의도적으로 연락을 끊고 있었는데, 네 신변에 무슨 일이 있을 경우를 생각해서 며칠 전에 전화로 당부를 해두었으니 여차하면 그리로 가보도록 하여라."

아버지는 김상훈이라는 사람의 주소와 전화번호를 내게 가르쳐주었다. 주소와 전화번호는 어디에 적어두지 말고 머릿속에 입력시켜 두도록 하라고 일러주었다. 보안에 만전을 기하기 위해서였다.

봄이 끝나갈 무렵 아버지의 병세는 급격히 악화되었다. 호흡도 가빠져 있었고, 가래도 심해져 있었다. 몸에서는 심한 악취도 풍기고 있었다. 진통으로 잠을 이루지 못하고 새도록 신음하며 몸부림치는 경우도 많아져 갔다. 언어소통도 제대로 되지 않을 정도였고, 대소변도 제대로 가리지 못할 정도였다. 아버지의 의지력은 한계점에 도달해 있는 것 같았다. 온 집 안에 먹장구름이 끼어들고 있었다.

18
아무런 구원의 목소리도 들리지 않았다

"운명하셨습니다."

아버지는 여름이 시작될 무렵에 종합병원 중환자실에서 숨을 거두었다. 운명을 알리는 의사의 목소리가 내게는 환청 같았다. 의사의 지시에 따라 아버지의 몸에 부착되어 있던 의료설비들이 차례로 제거되고 있었다. 혈관주사가 제거되고 있었고, 산소마스크가 제거되고 있었다. 심전도 모니터의 전류곡선이 냉엄하게 평행선으로 고정되어 있었다.

지극히 사무적인 동작으로 일을 끝마친 의사가 일행들을 데리고 황망히 병실을 빠져나갈 때까지도 나는 아버지의 죽음을 믿지 않았다. 아버지는 두 손을 가슴에 단정히 포개고 입을 약간 벌린 채로 깊은 잠에 빠져 있었다. 그러나 숨소리는 들리지 않았다. 미동도 보이지 않았다.

조 선생은 소리내어 울고 있었다. 아버지의 가슴에다 얼굴을 파묻고 짐승처럼 울고 있었다. 그러나 나는 울지 않았다. 아버지의 죽음은 절대로 현실이 아니었다. 나는 환각 속에 빠져 있었다. 만약 울기라도 하면 환각이 현실로 환치되어 버릴지도 모른다는 두려움 때문에 숨조차도 제대로 쉬지 못할 지경이었다.

나는 창 밖을 내다보고 있었다. 밤이었다. 도시의 어두운 하늘 위로 핏빛 십자가들이 숲을 이루며 무성하게 자라 오르고 있었다. 도시는 발광하고 있었다. 건물마다 휘황한 네온들이 어둠을 향해 발악적으로 빛살을 난사하고, 도로마다 수많은 차량들이 눈알을 부릅뜬 채 어디론가 떼지어 진군을 계속하고 있었다. 취객들이 뇌를 절제당한 유인원처럼 허청거리는 걸음걸이로 거리를 방황하고 있었다.

나는 도시가 유난히 낯설어 보였다. 모든 것들이 나와는 무관해 보였다. 핏빛 십자가들도 나와는 무관해 보였고, 휘황한 네온들도 나와는 무관해 보였다. 수많은 차량들도 나와는 무관해 보였고, 허청거리는 취객들도 나와는 무관해 보였다.

나는 고립되어 있었다. 아무런 구원의 목소리도 들리지 않았다. 아무런 희망의 건덕지도 보이지 않았다. 오직 거대한 절망만이 나를 지배하고 있었다. 오직 처절한 슬픔만이 나를 지배하고 있었다. 나는 유배당해 있었다.

19
도시락

가을이었다.

일기도 청명했고, 예감도 상쾌한 날이었다.

나는 백화점으로 가기 위해 지하도 계단을 올라가고 있었다. 어린애를 안고 웅크린 모습으로 앉아 있는 거렁뱅이 여자 하나가 내 눈길을 끌었다. 행색이 남루해 보였다. 얼굴은 한평생 세수를 하지 않은 사람처럼 땟국물로 덕지덕지 얼룩져 있었고, 머리카락은 한평생 빗질을 하지 않은 사람처럼 엉망으로 얼기설기 헝클어져 있었다. 도무지 나이를 짐작할 수 없는 모습이었다. 안고 있는 어린애는 팔뚝 바깥으로 모가지를 축 늘어뜨린 채 잠들어 있었다. 피골이 상접해 있는 얼굴이었다.

행인들은 한결같이 여자를 외면한 채 무표정한 모습으로 계단을 오르내리고 있었다. 여자는 무릎 앞에 플라스틱 바구니 하나를 비치해 놓고 있었다. 바구니 안에는 스무 개 정도의 동전밖에는 들어 있지 않았다. 계단을 오르내리는 행인들은 그토록 많은데 자비심을 가진 사람들은 스무 명 정도밖에 되지 않는 모양이었다.

일요일이었다.

백화점은 고객들로 인산인해를 이루고 있었다. 거의가 여자들이었다. 나는 우선 화장실에 들러 나오지도 않는 소변을 억지로 찔끔 찔끔 배설했다. 배설은 백화점에 들어서면 제일 먼저 시행하는 예비업무로 정해져 있었다. 막상 작전을 개시하려는 순간에 소변이라도 마려워지면 정신이 산만해질 우려가 있기 때문이었다.

나는 일층에서부터 모든 촉수를 곤두세우고 공격대상을 물색하고 있었다. 그러나 마땅한 공격대상은 눈에 뜨이지 않았다. 가급적이면 무장공비들이 출몰하지 않는 시간에 공격대상을 물색해서 작전을 종료토록 하라는 아버지의 가르침을 상기했다. 그러나 아직 무장공비는 출몰하지 않은 상태였다. 주된 활동 시간이 아니기 때문이었다. 무장공비들은 백화점이 가장 붐비는 오후에나 출몰하는 것이 통례였다. 나는 에스컬레이터를 타고 이층으로 이동했다. 한 군데서 오래 시간을 지체하면 조금도 이로울 건덕지가 없었다.

이층은 숙녀용 캐주얼 코너가 주류를 이루고 있었다. 그러나 마땅한 공격대상은 역시 발견되지 않았다. 내 감각기관은 최소한 삼 미터 이내의 거리에 공격대상이 실재해 있을 때는 자동적으로 전율감이 느껴지도록 훈련되어 있었다. 나는 이층을 한 바퀴 순례해 보았다. 일층과 마찬가지로 공격대상은 포착되지 않았다. 아무런 전율감도 느낄 수가 없었다.

나는 삼층으로 이동하기 위해 에스컬레이터에 한 발을 올려놓았다. 그때였다. 등줄기로 서늘한 전율감이 전해져 오기 시작했다. 삼 미터 이내의 거리에 공격대상이 실재해 있다는 신호였다. 나는 촉각을 곤두세우고 주변을 유심히 살펴보기 시작했다. 전율감은 전방에 서 있는 한 여자로부터 전해져 오고 있었다.

커피색 계열로 단장된 여자였다. 모자도 구두도 핸드백도 짙은 커피색이었다. 커피에 프림을 탄 색조의 투피스를 착용하고 있었다. 균형 잡힌 체형이었다. 뒷모습만 보였다. 전율감의 강도로 보아 확실한 공격대상임을 의심할 여지가 없었다. 나는 아주 가까운 거리까지 접근해서 구체적인 상황들을 점검해 보기 시작했다.

오만하고 부유해 보이는 사십대 초반의 여자였다. 보석으로 전신을 치장하고 있었다. 핸드백은 악어가죽으로 만들어져 있었고, 잠금장치는 버튼형이었다. 예감대로라면 여자는 사치와 허영을 정신적 지주로 삼고 소비와 향락을 일용할 양식으로 탐닉하면서 살아가는 부류임이 틀림없었다.

여자는 에스컬레이터가 삼층에 도착하자 아무런 망설임도 없이 걸음을 옮겨놓기 시작했다. 다행스럽게도 동행은 딸려 있지 않았다. 이미 목적지가 정해져 있는 것 같았다. 한눈조차 팔지 않았다. 나는 적당한 거리를 유지하면서 공격대상을 미행하기 시작했다.

삼층은 숙녀복 전문매장이었다. 코너마다 고급의류들이 진열되어 있었다. 가나레포츠. 스캉달. 샤를 쥬르당. 디자이너 부띠끄. 피에르 가르뎅. 크리스챤 오자르. 엘레강스. 레이디 캐주얼. 랑콤. 타운웨어. 니나리치, 반도닥스. 막스마라. 니트웨어. 지방시. 영레이디. 매장의 간판은 온통 외래어로 범람하고 있었다.

공격대상은 여러 매장들을 지나 피에르 가르뎅 코너에서 걸음을 멈추었다. 약속이라도 되어 있었는지 판매원들이 반색을 하며 달려 나오고 있었다. 판매원들은 허리뼈를 고무로 갈아 끼운 접대용 인형들처럼 유연하게 허리를 굽실거려 보이고 있었다. 나는 판매원들과 감시카메라의 시선이 미치지 못하는 사각위치에서 공격대상이 볼일을 모두 끝마칠 때까지 끈질기게 기다리고 있었다. 고문 같은 시간이 흐르고 있었다. 지루하기 짝이 없었다. 그러나 나는 시선조차 다른 데로 돌리지 못하고 있었다.

공격대상은 한참 만에야 피에르 가르뎅 코너를 나왔다. 공격대상의 손에는 피에르 가르뎅 의류백 두 개가 새로 들려 있었다. 나는 알고 있었다. 틀림없이 한푼도 깎지 못했을 거라는 사실을.

백화점에서 물건을 구입하는 사람들은 절대로 에누리를 하지 못하는 특질을 가지고 있었다. 남대문 시장에서 삼만 원이면 살 수 있는 숙녀복 한 벌을 삼십만 원에 사는 바보짓을 하고서도 도무지 억울해 하는 기색을 보이는 적이 없었다. 억울해 하기는커녕 오히려 자부심에 들떠 있는 표정이었다. 바가지를 씌운다고 항의하는 사람은 아무도 없었다. 남대문 시장에서 판매하는 상품과 똑

같은 재질, 똑같은 색상, 똑같은 모양인데도 왜 백화점에서 바가지를 쓰고 구입하면 자부심에 들뜨게 되는지 아무리 생각해도 납득이 되지 않았다.

"피에르 가르뎅이 아니면 이런 분위기를 창조해 낼 수가 없다니까. 미스 윤이 이제야 내 취향을 제대로 파악한 거야. 다음에도 신상품이 나오면 제일 먼저 나한테 연락해야 한다는 거 알고 있겠지."

공격대상은 행복감에 충만해 있는 얼굴이었다. 의상 한 벌로 전 인생을 구원받았다고 생각하는 모양이었다. 판매원 전체가 성은이 망극하옵나이다를 연발하는 자세로 머리를 조아리며 배웅하고 있었다.

"마음에 드신다니 저희들도 여간 기쁘지 않아요. 신상품이 출고되면 즉시 또 연락드리겠습니다."

판매원 한 명은 에스컬레이터 앞까지 따라나와 배웅을 해주고 있었다. 나는 미행을 하며 기회가 오기만을 기다리고 있었다. 육감대로라면 공격대상은 피에르 가르뎅 코너에서 숙녀복을 사고도 상당한 액수의 거액을 소지하고 있었다. 핸드백에 시선이 닿을 때마다 느껴지는 전율감이 그 사실을 증명해 주고 있었다.

공격대상은 하강하는 에스컬레이터에 탑승했다. 나는 비로소 목적물에 가까이 접근하고 있었다. 공격대상은 악어가죽 핸드백보다 피에르 가르뎅 의류백에 더 신경을 쓰고 있었다. 이런 경우에는 실패할 가능성이 전혀 없었다. 나는 결정적인 순간이 오기만을 침착하게 기다리고 있었다. 에스컬레이터는 미끄러지듯 하강하고 있었다. 계단이 하나씩 접히면서 아래층과의 거리가 점차로 짧아지고 있었다. 나는 남아 있는 계단의 수를 헤아리기 시작했다. 작전을 개시할 순간이 다가오고 있었다.

내가 악어가죽으로 만든 핸드백의 잠금장치를 열었을 때는 계단이 네 개밖에 남아 있지 않을 때였다. 그때가 되면 누구나 착지에 대한 준비를 하기 때문에 핸드백 따위에는 신경을 쓰지 않기 때문이었다.

그러나 결정적인 기회는 마지막 계단이 접혀 들어가는 순간이었다. 그 순간에는 아무리 예민한 감각을 가진 사람이라도 방울을 제거해 버린 마네킹이나 다름이 없었다. 모든 신경이 착지하는 발끝으로만 쏠려 있기 때문이었다.

백만 원.

나는 촉감만으로도 목적물의 액수를 정확하게 가늠할 수 있었다.

마지막 계단이 접히고 있었다. 나는 핸드백을 원래대로 잠그고 있었다. 성공이었다. 공격대상이 계단을 내려섰을 때는 목적물이 이미 내 허리춤으로 옮겨진 뒤였다. 아무도 눈치챈 사람은 없었다. 눈 깜짝할 사이에 이루어진 일들이었다. 이제 더 이상 백화점에 머물러 있을 필요가 없었다.

나는 백화점을 나와 지하도로 들어섰다. 미행자는 없었다. 지하상가로 가서 알루미늄 도시락 하나를 구입한 다음 화장실에 들어가 습득물을 확인해 보았다. 예상했던 대로 백만 원이었다. 나는 그중에서 칠십만 원을 알루미늄 도시락 속에다 집어넣고, 삼십만 원은 다시 허리춤에다 찔러 넣었다.

화장실을 나와 곧장 지하도 계단을 향해 걸음을 옮겨놓았다. 아까 보았던 거렁뱅이 여자는 아직도 그 자리를 고수하고 있었다. 무릎 앞에 놓여 있는 플라스틱 바구니 속에는 열 개 정도의 동전이 더 늘어 있었다. 아이는 이제 잠에서 깨어나 있었지만 여전히 무가지는 팔뚝 바깥으로 축 늘어져 있었다. 기운이 하나도 없는 표정이었다. 허기진 얼굴로 눈만 멀뚱히 뜨고 있었다.

"이거 우리 아버지가 아줌마한테 갖다 드리래요."

나는 알루미늄 도시락을 거렁뱅이 여자의 손에다 쥐어주고는 재빨리 돌아서서 한달음에 버스 정류장까지 줄행랑을 놓았다. 작전 종료였다. 이제 집으로 돌아가 비밀장소에다 삼십만 원을 감추어 두고, 오전에 배달된 학습지를 푸는 일만 남아 있었다.

"오. 늘. 은. 학. 원. 에. 서. 어. 떤. 그. 림. 을. 그. 렸. 니."

집으로 돌아오니 조 선생 부인이 내게 물었다.

조 선생 부부는 내가 미술학원을 다니는 줄로만 알고 있었다. 백화점을 거점으로 소매치기를 하러 다닌다는 사실은 전혀 모르고 있는 눈치였다.

"지하도에 있는 거렁뱅이 아줌마의 모습을 그렸어요."

나의 대답이었다.

하지만 나는 미술학원에 등록만 해놓고 며칠 동안 다니는 둥 마는 둥 하다가 때려치워버린 지 오래였다. 하나도 재미가 없었기 때문이었다.

"그. 림. 도. 구. 는. 왜. 가. 지. 고. 다. 니. 지. 않. 니."

"학원에 있는 사물함에 보관해 두었어요."

내가 생각하기에도 너무 거짓말에 능숙해져 있는 것 같았다. 그러나 아버지는 나를 보호하기 위한 거짓말은 하더라도, 남을 해치기 위한 거짓말은 하지 말라고 말한 적이 있었다. 나는 결코 조 선생 부인을 해치기 위해서 거짓말을 한 것은 아니었다.

"그. 림. 도. 구. 는. 모. 자. 라. 지. 않. 니."

"아직 많이 남아 있어요."

"필. 요. 한. 것. 이. 있. 으. 면. 언. 제. 든. 지. 말. 해. 주. 어. 야. 한. 다."

조 선생 부부는 나를 친자식 이상으로 보살펴주었다. 이틀이 멀다 않고 용돈을 쥐어주었고, 사흘이 멀다 않고 학용품을 사다 주었다. 가지고 싶은 것이 있으면 언제든지 말하라는 당부도 잊지 않았다. 아무리 비싸더라도 사줄 용의가 있다는 것이었다. 하지만 경제적인 면으로 따지자면 나는 그 어떤 재벌도 부럽지 않은 입장이었다.

서울 시내의 유명 백화점들을 애용하는 상류층 고객들이 모두 나의 움직이는 사설금고나 다름이 없었다. 백화점들은 도처에 산재해 있었다.

개포동과 신촌과 강서의 그랜드 백화점. 반포와 잠원동과 과천의 뉴코아 백화점. 남대문과 상계동과 청량리의 미도파 백화점. 충무로와 영등포와 미아동의 신세계 백화점. 소공동과 잠실과 청량리의 롯데 백화점. 압구정동과 강남의 현대 백화점. 논현동과 광명의 나산 백화점. 노원동과 광명의 한신코아 백화점. 신촌의 그레이스 백화점. 남창동의 새로나 백화점. 구로동의 애경 백화점. 서초동의 삼풍백화점. 출동만 하면 언제든지 각양각색의 핸드백들이 나를 기다리고 있었다.

나는 공안과 직원들의 배치상태와 경계방식을 백화점별로 소상하게 파악하고 있었으며, 감시카메라의 설치상황과 감시범위도 소상하게 파악하고 있었다. 뿐만 아니라 그것들의 맹점을 이용하는 방법에도 매우 익숙해져 있었다. 직원들의 시선을 유도할 만한 차림새나 기억에 남을 만한 행동거지를 제공하지 말아야 한다는 사실도 언제나 유념하고 있었다.

그러나 나는 출동하더라도 한 건 이상은 절대로 작전을 수행하지 않았다. 속담대로 꼬리가 길면 밟히게 되고, 밟히게 되면 끝장이었다. 나는 도마뱀이 아니었다. 꼬리를 끊고 도망치는 재주가 없었다.

나는 아침이면 조간신문을 모조리 탐독했고, 저녁이면 석간신문을 모조리 탐독했다. 소매치기에 관한 기사가 있는가를 알아보기 위해서였다. 밤에도 텔레비전을 통해 매시간 뉴스를 시청했다. 역시 소매치기에 관한 보도가 있는가를 알아보기 위해서였다. 그런 기사나 보도가 있으면 한동안 근신하라는 아버지의 가르침을 실천하기 위해서였다.

그러나 아직까지는 한번도 그런 기사나 보도는 없었다. 작전지역에서 위기상황에 처해본 경험도 없었다. 작전은 언제나 성공이었다.

20
상부상조

며칠 동안 혹한이 계속되고 있었다. 나는 한동안 출동을 자제하고 있었다. 연말연시를 기하여 검찰과 경찰이 합동으로 각종 범죄를 예방 단속한다는 보도가 있었다. 예감도 매우 좋지 않았다. 크리스마스가 열흘 앞으로 다가와 있었다.

나는 그 즈음 한태양이라는 우상을 만나기 위해 날마다 외출하는 습관을 가지고 있었다. 한태양은 붕어빵 장사를 하는 홀어머니와 살고 있었다. 단신의 체구였지만 스포츠는 만능인 소년이었다. 어떤 종목이라고 하더라도 패배를 모르는 무적의 기량을 가지고 있었다. 상대편이 아무리 야비한 계략과 부정한 수법을 동원해도 한태양을 침몰시킬 수는 없었다. 경기는 언제나 악조건 속에서 불리하게 진행되었다. 그러나 상대편은 한태양의 기발한 작전과 절묘한 기술 앞에서 언제나 무릎을 꿇지 않을 수 없었다. 유도편. 검도편. 권투편. 축구편. 농구편. 야구편. 배구편. 한태양은 시리즈로 발간되는 스포츠 만화의 주인공이었다.

나는 날마다 아침식사를 끝내기가 바쁘게 만화방으로 달려가곤 했다. 한 달 전쯤에 개설된 만화방이었다. 평수도 넓은 편이었고, 시설도 안락한 편이었다. 단골들이 많았다. 순정만화에 심취되어 수시로 눈물을 찔끔거리는 여중생도 있었고, 명랑만화에 동화되어 끊임없이 배꼽을 움켜잡는 초등학생도 있었다. 무협소설에 골몰해서 하루 종일 끼니까지 거르는 재수생도 있었고, 기업만화에 몰두해서 바지에 컵라면 국물이 쏟아지는 줄도 모르는 실업자도 있었다.

주인은 마흔 살쯤 되어 보이는 남자였다. 체격은 보통이었다. 언제나 허름한 차림새에 뿔테 안경을 쓰고 있었다. 손님들에게는 비교적 친절한 편이었으나 대체로 고지식한 성격을 가지고 있었다. 아무리 뻔질나게 드나드는 단골이라도 백 원 한 장을 깎아주는 법이 없었고, 아무리 눈빠지게 만화책을 읽어주어도 콜라 한 잔을 거저 주는 법이 없었다.

나는 그날도 만화방의 구석진 의자에서 한태양의 태권도편에 심취해 있었다. 한태양이 일본 나고야에서 열리는 세계 격투기 경기에 출전해서 태권도로 각국 선수들을 물리치는 내용이었다. 결승전은 일본의 가라데와 태권도의 대결이었다. 그러나 일본 가라데

감독에게 매수당한 호텔종업원이 한태양의 음료수에 수면제를 타는 장면을 끝으로 만화는 다음호에 계속이었다. 다음호는 태권도편 최종회였다.

한태양은 어떻게 되었을까. 수면제가 들어 있는 음료수를 마셨을까. 마셨다면 결승전은 어떻게 될까. 만화의 주인공들은 누구나 정의를 표방하고, 정의는 반드시 이기도록 각본이 짜여져 있다는 사실을 잘 알면서도 궁금증을 억누를 길이 없었다.

나는 서둘러 한태양의 태권도편 최종회를 펼쳐들었다. 그 순간이었다. 갑자기 출입문을 세차게 여닫는 소리가 들리면서 건장한 체구를 가진 세 명의 청년들이 만화방 안으로 들어서는 모습이 보였다. 단정치 못한 차림새에 험악한 인상들을 가지고 있었다. 외모만으로도 만화책을 보러온 손님들이 아니라는 사실을 대번에 간파할 수가 있었다.

"싸장님 되심까."

청년들 중의 하나가 주인에게로 다가서더니 그렇게 물었다. 거만스러운 태도였다. 야구모자를 깊게 눌러 쓰고 있었는데, 왼쪽 눈밑으로 칼자국이 징그러운 벌레의 꼬리처럼 감추어져 있었다.

"장사가 제법 짭짤하시구만."

손가락이 없는 가죽장갑을 낀 청년이 껌을 질겅질겅 씹으며 공연히 서가에 꽂혀 있는 만화책들을 주먹으로 가볍게 툭툭 건드려보고 있었다.

"무슨 일로 오셨습니까."

주인이 다소 경직된 목소리로 묻고 있었다. 침입자들이 결코 우호적인 목적을 가지고 나타나지 않았다는 사실을 충분히 인지하고 있는 듯한 표정이었다.

"바쁘실 텐데 빨리 용건부터 말씀드려라."

팔짱을 낀 채 출입문 앞에 버티고 서 있던 청년이 냉담한 목소리로 말했다. 스포츠형 머리에 깡마른 얼굴이었다. 눈매가 날카롭고 성격이 표독스러워 보였다. 가죽점퍼를 걸치고 있었다.

"그러지요, 형님."

야구모자가 스포츠형 머리를 향해 허리를 구십 도로 숙여 보이고는 주인에게로 돌아서고 있었다.

"우선 싸장님께 인사부터 드리겠슴다. 우리는 이 지역 업소들의 안전과 번영을 위해 물심양면으로 힘쓰고 있는 달건이들임다. 앞으로 많은 지도편달을 바라겠슴다."

야구모자가 손을 내밀어 주인에게 악수를 청하고 있었다.

"달건이라니오."

주인이 야구모자의 손을 잡으며 어정쩡한 표정으로 묻고 있었다.

"건달이란 말도 아직 못 알아들으시는 걸 보면 싸장님도 해외에서 오래 살으신 모양이네요."

가죽장갑이 이죽거리는 어투로 대화에 끼어들고 있었다.

"단도직입적으로 용건부터 말씀드리겠슴다. 우리는 이 지역 업소들의 안전과 번영을 보장하는 대가로 매달 얼마간의 격려금을 지원 받고 있슴다. 서로 상부상조하면서 살아가는 게 현명하지 않겠슴까. 싸장님도 협조해 주시면 대단히 고맙겠슴다. 오늘 준비가 안 되신다면 내일 다시 들르겠슴다."

마치 자신들이 대단히 건전한 사회운동에라도 참여하고 있다는 듯한 어투였다. 그러나 내가 판단하기에도 침입자들은 여기저기 업소들을 순방하면서 터무니없는 명목으로 돈이나 뜯어내는 불량배들임이 분명해 보였다.

"취지는 잘 알겠습니다만 저로서는 협조해 드릴 수가 없습니다."

주인의 대답이었다.

의외로 침착한 목소리였다. 표정이 다소 경직되어 있기는 했으나 겁을 집어먹고 있는 상태로 보이지는 않았다. 나는 만화책에서 잠시 눈길을 떼고 사태의 추이를 관망하고 있었다.

"우리를 구걸이나 하러 다니는 거지로 취급하시면 곤란함다."

"그럴 리가 있겠습니까."

갑자기 실내의 공기가 긴장감 속에서 서늘하게 냉각되고 있었다. 손님들은 태연하게 독서에 열중해 있는 듯한 표정들이었지만, 가급적이면 침입자들과 눈길이 마주치지 않으려고 내심 애를 쓰고 있는 모습들이었다. 한결같이 어깨들이 움츠러들고 있었다.

"싸장님, 불초소생이 귀가 어두워서 싸장님의 말씀을 확실하게 알아듣질 못했는데 한 번만 더 확실하게 말씀해 주시겠습니까."

가죽장갑이 시비조로 주인에게 다가서고 있었다.

"저도 지금 곤궁에 처해 있는 입장입니다. 몇 달 전에 직장에서 밀려나 여러 방면으로 먹고 살 길을 모색하다가 전재산을 투자해서 이 만화방을 차리게 되었습니다. 하루에 손님이 오십 명 이상 들어오더라도 일 년이 지나야만 투자한 금액을 뽑을 수가 있습니다. 노모님과 처자식을 합해서 일곱 식구의 생계가 이 만화방에 달려 있습니다. 어제 파출소에서도 격려금 때문에 오신 분이 있었습니다. 그렇지만 땡전 한푼도 협조해 드릴 수가 없었습니다."

주인의 답변이었다.

"죽기 아니면 까무러치기로 나오시겠단 말씀이심까."

야구모자가 엄지손가락으로 차양을 밀어 올리고 있었다. 은근한 협박조였다. 차양을 밀어 올렸기 때문에 눈 밑에 감추어져 있던 칼자국이 전체적으로 선명하게 드러나 있었다. 몹시 흉측해 보였다.

"평화적으로는 전혀 말이 통하지 않을 싸장님 같으신데."

가죽장갑이 쓰레기통을 향해 질겅질겅 씹고 있던 껌을 투우 하고 뱉어내었다. 그러나 어림없는 슈팅이었다. 껌은 미처 쓰레기통까지 가지도 못하고 시멘트 바닥에 굴러 떨어졌다.

"어떤 방법을 쓰신다고 하더라도 지금의 저로서는 협조가 불가능하다고 말씀드릴 수밖에 없습니다."

주인이 말했다.

"정말임까."

"죄송합니다."

"정말임까."

"죄송하다고 말씀드리지 않습니까."

주인은 절대로 생각을 바꾸지 않겠다는 태도였다. 야구모자가 어처구니없는 상대를 만났다는 표정으로 한참 동안 주인의 얼굴을 쳐다보고 있었다.

"말로는 도무지 씨가 먹히지 않는 분이신데 어떻게 할까요, 형 님."

가죽장갑이 스포츠형 머리에게 묻고 있었다. 스포츠형 머리는 아까부터 출입문 앞에서 팔짱을 낀 채 시종일관 침묵 속에서 사태 만 관망하고 있었다.

"여기서 장사를 하실 생각이 없다는데 우린들 어쩌겠냐. 그만 퇴 장해야지. 원체 똥고집이 세신 분이라 말로는 통하지 않을 거다."

스포츠형 머리가 내린 결론이었다. 표정과 목소리에 싸늘한 냉 기가 감돌고 있었다. 스포츠형 머리는 결론을 내리고는 지체없이 돌아서 퇴장해 버리고 말았다.

"씨팔, 잘해 보쇼."

"하루도 못 가서 후회하게 될 겁다."

가죽장갑과 야구모자도 저마다 한마디씩을 내뱉고는 스포츠형 머리를 따라 퇴장하고 있었다.

"미친놈들."

침입자들이 모두 퇴장하자 출입문을 향해 주인이 답례처럼 퉁명 스럽게 내던진 말이었다. 사건이 너무 싱겁게 끝나버렸다는 생각 이 들었다. 나는 비로소 한태양의 태권도편 최종회에 눈길을 주기 시작했다.

잠깐.

한태양이 수면제가 들어 있는 음료수를 마시려는 찰나였다. 황급히 아키코가 뛰어들면서 한태양이 들고 있는 음료수를 가로채고 있었다. 아키코의 출현을 나는 생각조차 해본 적이 없었다. 일본 가라데 감독의 외동딸이자 한태양과 대결할 요시무라의 애인이기 때문이었다. 그러나 아키코는 요시무라를 비겁한 무도인으로 만들 수가 없었다. 결국 일본의 가라데를 태권도로 굴복시킨 한태양이 서울행 비행기에 오르면서 태권도편은 대단원의 막을 내리고 있었다. 이제 내가 섭렵하지 않은 한태양의 스포츠 시리즈는 마라톤편과 탁구편뿐이었다. 나는 배고픔을 참을 수가 없어서 다음날을 기약하면서 만화방을 나오고야 말았다.

그러나 다음날 내가 만화방으로 달려갔을 때, 거기에는 이미 아무것도 남아 있지 않았다. 만화방은 시커먼 잿더미로 화해 있었다. 충격적인 장면이었다. 사람들의 말에 의하면, 간밤에 원인 모를 화재가 발생했는데 주인은 인근 불량배들의 소행이라고 강력히 주장하고 있지만, 경찰은 들은 척도 하지 않고 주인의 과실에 의한 화재로만 사건의 초점을 맞추고 있다는 것이었다.

21
꽃피는 일요일에

"김땅콩."

자연농원에서였다. 누군가 내 별명을 부르는 소리를 들었다. 보육원 시절에 지겹게 들었던 별명이었다. 아직도 나는 신장에 대한 열등감을 떨쳐버리지 못하고 있었다. 나이는 중학교 일학년생인데 신장은 초등학교 사학년생이었다. 그러나 환경의 변화로 인해 나를 김땅콩이라고 부르는 사람은 아무도 없었다. 매몰된 기억 저편에 오래도록 사장되어 있던 별명이었다.

"김땅콩."

몇 년의 세월이 지나가버린 지금 자연농원에서 그 별명을 듣다니 등골이 오싹해지는 일이었다.

나는 요즘 교외에서 소일하는 시간이 차츰 많아져 가고 있었다. 이제는 오락실도 재미가 없었고, 만화방도 재미가 없었다. 날이 갈수록 도시가 삭막하고 답답하게만 느껴졌다. 나는 누구와도 친해질 수가 없었다. 자신조차도 소매치기라는 사실을 모르도록 신분을 위장해야 한다는 방어본능이 나를 언제나 외톨이로 만들었다.

"김땅콩."

나는 조금 전에 날으는 양탄자라고 이름 붙여진 놀이기구에서 내렸기 때문에 정신이 혼미해져 있었다. 사방이 어지럽게 선회하고 있었다. 나는 땅바닥에 엎드려 메스꺼움을 참아내기 위해 안간힘을 쓰고 있었다.

날으는 양탄자는 놀이기구가 아니라 고문기구였다. 엄청난 속도와 변화를 가지고 있었다. 난폭한 바람이 끊임없이 머리카락을 쥐어뜯고 있었다. 날카로운 굉음이 쉴 새 없이 고막을 후벼파고 있었다. 날으는 양탄자가 급격히 각도를 바꿀 때마다 탑승객들은 비명을 지르며 자지러지고 있었다. 하늘도 뒤집어지고 있었다. 태양도 뒤집어지고 있었다. 세상도 뒤집어지고 있었다. 나도 뒤집어지고 있었다. 도무지 정신을 차릴 겨를이 없었다. 금방이라도 심장이 파열해 버릴 지경이었다.

날으는 양탄자가 작동을 멈추었을 때는 탑승객 모두가 초주검이 되어 있었다. 그제서야 나는 확연히 깨달을 수가 있었다. 다른 아이들과 내가 어떤 차이점을 가지고 있는가를. 다른 아이들은 과장된 엄살을 떨어대면서 보호자의 품속으로 뛰어들어 위안을 구할 수가 있었지만, 나는 한동안 어지럽게 선회하고 있는 땅바닥에 엎드려 혼자 메스꺼움을 참아내는 수밖에 없었다.

"어이, 김땅콩. 내가 누군지 모르겠냐."

나는 간신히 정신을 수습하면서 고개를 쳐들었다. 강인탁. 별명을 불렀던 인물이 누구였는가를 확인하는 순간 즉각적으로 오금이 찌려오면서 한꺼번에 수많은 단어들이 선명한 간섭으로 되살아나고 있었다. 보육원. 김땅콩. 꿀밤. 대통령. 새벽 예배. 양계장. 계란. 문은숙 선생님. 인물화. 겨울방학. 서커스. 앰뷸런스. 신경정신과. 퇴원. 가출.

강인탁은 보육원 시절보다 몇 배나 거대한 공포의 대상으로 내 앞에 버티고 서 있었다. 많이 변해 있는 모습이었으나 몰라볼 정도는 아니었다. 나는 어떻게 대처해야 할지 갈피를 잡지 못하고 있었다. 어떤 괴로움을 당하기 전에 도망쳐버리는 것이 상책이라는 생각이 들었다. 그러나 막상 실행에 옮기지는 못하고 있었다.

"어디 아프냐."

강인탁이 물었다. 변성기에 접어든 목소리였다. 나는 대답하지 않고 고개만 가로저어 보였다. 강인탁이 나를 일으켜 세우고는 바지에 묻은 흙을 털어내 줄 때까지도 두려움은 여전히 남아 있었다.

"날으는 양탄자를 탄 모양이로구나. 좆나게 어지럽지. 저기서 조금만 쉬면 괜찮아질 거야."

강인탁이 벤치를 가리키고 있었다. 부랑아 같은 차림새였다. 한쪽 손에 검은색 가방을 들고 있었다. 영화 속에서 흔히 첩보요원들이 들고 다니는 가방이었다.

"재작년에 다시 보육원을 뛰쳐나와버렸지. 지금은 처지가 비슷한 형들하고 같이 산동네에서 방 한 칸을 얻어서 난장을 꿀리고 있다."

우리는 벤치에 나란히 자리를 잡았다. 햇빛이 화창한 봄이었다. 사방에 꽃들이 만개해 있었다. 일요일이었으므로 자연농원은 나들이를 나온 가족들로 인산인해를 이루고 있었다.

"너는 그동안 어디서 무얼 하면서 살았냐."

나는 대답하지 않았다.

강인탁은 시종일관 부드러운 목소리로 말하고 있었다. 그러나 나는 여전히 경계심을 떨쳐버리지 못하고 있었다. 아직도 고양이를 만난 새앙쥐였고, 살모사를 만난 개구리였다.

"짜아식. 신수가 괜찮은 걸 보니까, 양부모라도 만난 모양이로구나. 그렇지."

나는 대답 대신 고개만 끄덕거려 보였다.

"축하한다."

강인탁이 한쪽 팔로 내 어깨를 감싸안으며 그렇게 말했다. 왠지 기운이 없는 목소리였다. 아이들이 가족들의 손목을 잡고 장난감 기관단총을 난사하면서, 오색의 바람개비를 돌리면서, 달콤한 솜사탕을 핥으면서 끊임없이 우리 앞을 지나가고 있었다.

"그런데 너는 왜 혼자 왔냐."

강인탁이 물었다.

"부모님들이 해외여행을 떠나셨기 때문에 기사 아저씨 하고 같이 왔어."

나는 재빨리 둘러대고 있었다. 보호자가 있다는 사실을 의식하게 되면 나를 괴롭힐 수 없으리라는 생각에서였다.

"기사 아저씨는 어디 있냐."

"주차장에서 낮잠을 주무시고 계실 거야."

강인탁은 전혀 의심하는 기색이 아니었다. 내 말을 액면 그대로 받아들이고 있는 눈치였다.

"이 가방 속에 뭐가 들어 있는지 한번 알아맞혀 볼래."

강인탁은 이제야 생각이 났다는 듯 곁에 놓여 있던 가방을 무릎 위에다 올려놓고 있었다. 나는 그 가방의 용도를 전혀 짐작할 수가 없었다. 거액의 현찰이 들어 있지 않다는 사실만은 확실했다. 아무런 전율감도 느껴져 오지 않았기 때문이었다.

"뭐가 들어 있는데."

나는 잠시 생각해 보다가 그렇게 물어보는 수밖에 없었다.

"보여줄까."

강인탁이 경계의 눈빛으로 사방을 두리번거린 다음 가방의 버튼을 누르고 있었다. 철커덕. 가방이 황급히 아가리를 벌리면서 내장을 깡그리 드러내 보이고 있었다. 시계였다. 알록달록한 시계들이 가방 안에 줄줄이 진열되어 있었다. 미키마우스. 구피. 스머프. 바니. 슈퍼맨. 톰과 제리. 스누피. 백설공주. 손오공. 뽀빠이. 딱따구리. 시계마다 아이들이 좋아하는 만화의 주인공들이 그려져 있었다.

"청계천에서 오백 원씩에 떼다가 이런 장소에서 천오백 원씩에 팔아먹는 거야. 촌닭들을 만나면 삼천 원까지 받아내기도 하지. 지금은 모조리 정확한 시각을 가리키고 있지만, 대개 석 달쯤 지나면 망가져버리는 짜가들이야. 그래도 여기서 한 개만 찍어라."

나는 시계를 차고 있었다. 다양한 기능이 내장되어 있는 디지털 시계였다. 지난 크리스마스 때 조 선생이 선물한 시계였다. 그러나 나는 강인탁이 짜가라고 실토하는 그 시계들을 가능하면 몇 개라도 팔아줄 작정이었다. 나는 우선 뽀빠이를 손가락으로 짚어 보였다. 그러자 강인탁은 재빨리 그 시금치를 좋아하는 괴력의 마도로스를 내 손목에다 결박시켜 주고는 능숙한 동작으로 가방을 닫아버렸다.

"물론 이런 시계를 차고 다닐 수는 없겠지만, 우리가 다시 만난 기념으로 주는 거니까 조금도 부담을 가질 필요는 없어."

내가 돈을 꺼내려고 하자 강인탁은 화를 내는 표정을 지어 보였다. 성격이 많이 달라져 있다는 느낌을 주고 있었다. 어느새 메스꺼움은 완전히 사라져버린 상태였다. 배가 고파오기 시작했다. 점심때가 약간 지난 시각이었다.

"형, 통닭 먹으러 갈까."

"좋지."

우리는 벤치를 떠나 치킨 코너를 향해 걸음을 옮겨놓기 시작했다. 강인탁은 시계를 한 개씩 팔아먹을 때마다 예전의 자신의 포부로 간직하고 있던 대통령에 한 걸음씩 가까이 다가설 수 있다고 생각하는 모양이었다. 정확하게 구매자를 알아보고 기민하게 가방을 열어 보이며 능숙한 언변으로 시계를 팔아 넘기는 데는 채 오 분의 시간도 경과되지 않았다. 치킨 코너까지 가는 동안에 무려 네 개나 팔았을 정도였다. 그러나 한 가지 이해할 수 없는 사실이 있었다. 강인탁은 일단 구매자를 발견하면 가방을 열기 전에 반드시 경계심이 어린 눈빛으로 사방을 한번 은밀하게 둘러보는 습관을 가지고 있었다. 나는 몹시 궁금했지만 물어보지는 않았다.

"미안하지만 저기 노란색 등산모를 쓴 아줌마한테 혹시 강인탁이를 아느냐고 한번 물어봐줄래."

치킨 코너에 들어서기 직전이었다. 강인탁이 스넥 코너 쪽으로 가고 있는 아줌마 하나를 손가락으로 가리키고 있었다. 노란색 등산모를 쓰고 있었다. 나는 아무 생각 없이 아줌마에게로 달려가 혹시 강인탁이를 아느냐고 물어보았다.

"모르겠는데."

아줌마는 생경한 이름이라는 표정을 지어 보였다. 치킨 코너로 돌아왔을 때야 나는 비로소 알게 되었다. 이미 통닭값이 강인탁에 의해 지불되어 있음을. 전혀 예상치 못했던 일이었다.

"오늘은 유난히 촌닭들이 많이 와서 벌이도 제법 짭짤한 편이야."

우리는 치킨 코너를 나와 독수리 요새 쪽으로 가고 있었다. 여전히 강인탁은 대통령으로 한 걸음씩 다가서는 일을 게을리 하지 않고 있었다.

"이번에도 너는 여기 잠깐만 서 있어라."

강인탁이 세 번째 구매자를 발견하고 달려가서 가방을 열려는 찰나였다. 나는 그쪽으로 몇 걸음을 옮겨놓다가 불시에 온 몸이 응고되는 충격에 사로잡혔다. 어디서 나타났는지 관리인 하나가 강인탁의 먹살을 움켜잡고 전후좌우로 사정없이 흔들어대고 있었다.

"이노무시키. 이노무시키. 여기서 그 따위 장사를 하다가 한 번만 더 걸리면 내가 가만두지 않겠다고 분명히 말했지. 혼쭐이 나봐야 정신을 차리겠어. 이노무시키. 이노무시키."

강인탁은 한참 동안을 전후좌우로 무참하게 흔들리고 있었다. 나는 무슨 방법으로든 강인탁을 구출해 주어야 한다는 강박관념에 사로잡혀 있었다. 그러나 아무런 방법도 떠오르지 않았다. 사람들의 시선이 일제히 그쪽으로 쏠리고 있었다. 그런데 갑자기 관리인이 악 하는 비명 소리를 지르며 사타구니를 감싸안고 새우처럼 허리를 구부리는 장면이 연출되고 있었다. 급소를 걷어채인 모양이었다. 강인탁이 용수철처럼 튕겨져 나가더니 내 쪽으로 가볍게 손을 한번 흔들어 보이고는 인파 속으로 빠르게 사라져가는 모습이 보였다.

나는 그런 일이 있고 나서도 뽀빠이 시계를 차고 몇 번이나 자연농원을 찾아가보았다. 그러나 강인탁을 만날 수는 없었다. 뽀빠이 시계가 수명이 다해서 절명해 버릴 때까지도 강인탁의 모습은 보이지 않았다.

22
개인전

조 선생님께.

오로지 선생님의 헌신적인 노력으로 정상적인 건강을 되찾게 되어 마침내 삼십 년 동안 소망하던 개인전을 열 수 있게 되었습니다. 저는 선생님을 알고 나서부터 시각장애자도 나름대로의 방법으로 그림을 감상할 수 있으리라는 확신을 가지게 되었습니다. 모름지기 예술이란 육신의 눈보다는 영혼의 눈을 필요로 하는 분야가 아니겠습니까. 저는 선생님이 누구보다 깊은 영혼의 심미안을 가지고 계시다는 사실을 잘 알고 있습니다. 부디 오셔서 제 그림들을 감상해 주신다면 죽는 날까지 더 없는 영광으로 가슴에 아로새겨 두겠습니다. 시간과 장소는 동봉한 팸플릿을 참조해 주시길 바라겠습니다.

조 선생이 어느 무명화가로부터 받은 개인전 초대장의 내용이
었다. 친필로 씌어져 있었다. 개인전을 준비하다가 뇌졸중으로 쓰
러져 오른쪽 수족을 못 쓰는 상태였는데, 조 선생이 오랜 시일에
걸쳐 지압으로 정상적인 기능을 되찾아주었다는 것이었다. 어릴
때부터 화가지망생이었지만 집안이 원체 가난해서 미술대학을 중
퇴하고, 아직까지 개인전도 한번 열어보지 못한 무명화가 신세라
는 것이었다.

"괜. 찮. 으. 시. 겠. 어. 요."

부인은 맹인이 전시장에 가게 되면 행여 남들에게 조롱이라도
받지 않을까 적이 염려하는 기색이었으나, 조 선생은 오히려 행복
해 하는 표정이었다.

"생애 처음으로 내 시력의 건재함을 인정해 주는 사람을 만나게
되었는데, 그까짓 조롱쯤 무슨 문제가 될 수 있겠소."

조 선생은 조금도 망설이지 않고 참관을 결정해 버리고 말았다.
그러나 부인은 나를 대동하는 방법을 선택하도록 조 선생에게 적
극 권장하고 있었다. 미술학원을 다니는 내게 그림을 보여주기 위
해 전시장에 데리고 왔다는 사실을 알려주면, 아무도 조 선생을 조
롱하지 않을 거라는 배려였다. 조 선생은 타인들의 시선에 대해 거
의 무관심한 편이었으나 부인은 지나칠 정도로 신경을 쓰는 편이
었다.

"내가 본 그림들을 마음속에 그대로 소장해 가지고 와서 당신에
게도 보여드릴 테니 기다려주시오."

결국 조 선생은 나를 데리고 전시장으로 가게 되었다.

전시장은 인사동에 소재해 있었다. 우리가 들어서자 무명화가의 부인이 먼저 입구 쪽에 설치되어 있는 안내석에서 반색을 하며 달려 나오고 있었다. 황송해서 어찌할 바를 모르겠다는 태도였다. 부인은 큰 소리로 무명화가를 부르면서 우리의 출현을 알리고 있었다. 무명화가는 전시장 한쪽 공간에 설치되어 있는 다탁 앞에서 검은색 베레모를 쓴 사내와 담소를 나누고 있었다. 마흔 살쯤 되어 보이는 나이였다. 그림 밑으로 빨간색 리본이 매어져 있는 몇 개의 화분들이 진열되어 있었고, 네 명 정도의 관람객들이 한가롭게 전시장을 배회하고 있었다. 무명화가가 우리를 발견하자마자 황급히 자리에서 일어나 허겁지겁 달려 나오고 있는 모습이 보였다. 역시 황송해서 어쩔 줄을 모르겠다는 태도였다.

"진심으로 축하를 드립니다."

"모두가 조 선생님의 은덕입니다."

"동명아, 인사드려라."

조 선생은 내가 조카뻘 되는 아이인데, 미술학원을 다니기 때문에 공부를 시키고 싶어서 대동했노라는 부인의 처방전을 덧붙이고 있었다.

"안녕하세요."

나는 무명화가에게 정중한 태도로 허리를 숙여 보이면서, 제발 미술학원에 대한 관심 따위는 표명하지 말아주기를 간절히 바라고 있었다. 다행스럽게도 무명화가는 나이만 물어본 다음 더 이상의 질문은 하지 않았다. 인사가 대충 끝나자 우리는 검은색 베레모를 쓴 사내 앞으로 안내되었다. 사내는 무명화가보다 몇 살 정도 나이가 많아 보였는데 얼굴에 불콰하게 취기가 감돌고 있었으며, 약간 권위주의적인 인상을 풍기고 있었다.

"서로 인사들 나누시지요. 이분은 제가 다니던 미술대학 선배님이시고, 또 이분은 저를 치료해 주신 조 선생님이십니다."

무명화가의 간략한 소개에 따라 두 사람은 악수를 나누며 통성명을 하고 있었다.

"조형운입니다."

"노명철입니다."

사내는 통성명이 끝나자 습관적으로 조 선생에게 명함을 한 장 내밀었다. 잡다한 직함들이 앞뒤로 빼곡하게 인쇄되어 있는 명함이었다. 그러나 조 선생은 그 명함을 정중한 태도로 받아들기는 했으나 당연히 눈여겨보지는 않았다. 받는 즉시 상의 주머니 속에다 찔러 넣어버렸다. 내 짐작에 의하면, 사내는 조 선생의 그러한 태도를 몹시 불쾌하게 받아들인 낯빛이었다. 부인이 차를 다탁 위에 올려놓고 안내석으로 되돌아가고 있었다. 그러나 아직 관람객은 한 명도 늘어나지 않고 있었다.

"내가 보기에는 연세가 자네보다 훨씬 아래인 것 같은데 체통도 없이 너무 굽실거리는 게 아닌가."

사내는 조 선생을 대하는 무명화가의 태도가 몹시 못마땅하다는 표정을 노골적으로 지어 보였다. 혀는 아직 꼬부라진 상태가 아니었지만 취기로 다소 분별력을 상실해 버린 것만은 분명해 보였다. 조 선생이 맹인이라는 사실을 전혀 의식하지 못하고 있는 것 같았다.

"나이는 저보다 몇 년 아래시지만 인품은 저보다 몇 배나 위이십니다."

무명화가의 답변이었다.

"그토록 인품이 고매하신 양반이 선글라스를 끼고 전시장엘 들어온단 말인가. 나는 동서고금을 통해서 그런 사례가 있다는 소리는 한번도 들어본 적이 없구만."

사내는 필요 이상으로 언성이 높아져 가고 있었다. 그러나 조 선생은 침묵만 지키고 있었다. 입가에 가느다란 미소까지 떠올리고 있어서 표정만으로는 마치 농담이라도 경청하고 있는 듯한 느낌을 불러일으키고 있었다.

"조 선생님은 시각장애자십니다."

무명화가는 당혹감을 감추지 못하고 있었다.

"시각장애자라니."

"제가 몇 번이나 조 선생님 말씀을 드리지 않았습니까. 수족을 쓰지 못하는 저를 거의 무료로 수개월간 치료해서 완치시켜 주신 맹인 한 분이 계신다고 말입니다. 선배님이 제 예술의 길잡이가 되어주신 분이라면, 조 선생님은 제 인생의 길잡이가 되어주신 분입니다."

이제 무명화가는 이마에 식은땀까지 흘리고 있었다.

"아무리 그렇기로소니 맹인을 전시장에 초대한다는 건 미술에 대한 일종의 모독일세."

사내는 권위주의적인 베레모를 쓰고 권위주의적인 표정을 지으며 권위주의적인 핀잔을 늘어놓고 있었다. 사내가 술 때문에 분별력을 잃어버린 상태라고는 하지만 분위기는 점차로 곤혹스러워지고 있었다. 마침내 조 선생 부인이 우려했던 사태가 현실로 눈앞에 전개되고 있었다. 그때였다. 조 선생이 침착한 어조로 입을 열었다.

"시각장애자는 그림을 볼 수가 없다고 생각하십니까."

사내에게 던지는 질문이었다.

"당연지사가 아닙니까."

사내의 반문이었다.

"그렇다면 청각장애자도 음악을 들을 수가 없다고 생각하시겠군요."

"보청기가 없다면 들을 수가 없겠지요."

"하지만 베토벤은 청각장애자였는데, 어떻게 보청기도 없었던 시대에 그토록 복잡한 교향곡을 완벽하게 지휘할 수가 있었을까요. 혹시 육신의 귀로 소리를 들었던 것이 아니라 영혼의 귀로 소리를 들었던 것은 아닐까요."

사내는 답변하지 못했다. 조 선생은 나를 데리고 조용히 일어나 그림 쪽으로 가고 있었다. 무명화가가 사내를 버려두고 황급히 조 선생의 뒤를 따르고 있었다.

"첫번째 그림에게로 나를 안내해 주겠니."

조 선생이 내게 부탁했다. 그림은 모두 유화였다. 크기는 각양각색이었다. 사절지만한 크기에서 전지만한 크기까지였다. 도합 스물다섯 점이 전시되어 있었다. 나는 조 선생을 첫번째 그림 앞으로 안내해 주었다. 조 선생은 첫번째 그림 앞에서 조각처럼 굳어진 자세로, 온 신경을 집중시키고 있는 표정이었다. 숨조차도 쉬고 있지 않는 것 같았다. 오래도록 침묵이 흐른 다음 이윽고 조 선생이 입을 열었다.

"슬픈 그림이로구나."

무명화가가 놀라운 표정을 지어 보이고 있었다.

"무엇이 그려져 있냐."

조 선생이 내게 물었다.

"나만한 어린애가 해지는 강가에 혼자 앉아 있어요."

내가 대답했다.

사절지만한 크기였다.

하늘 언저리로 노을이 사위어가고 있었다. 그 밑으로 산들이 지워지고 있었다. 강물 위로 자디잔 물비늘이 쓸려가고 있었다. 텅 빈 강가에 아이 하나가 웅크린 모습으로 울고 있었다. 누나의 죽음이라는 제목이 붙어 있었다.

"다음 그림으로 가자."

나는 조 선생을 두 번째 그림 앞으로 안내해 주었다. 역시 사절지만한 크기였다.

개울이었다. 징검다리가 개울을 가로지르고 있었다. 비가 내리고 있었다. 새벽녘인지 저물녘인지 알 수가 없었다. 개울 건너편은 자욱한 물안개로 흐리게 지워져 있었다. 징검다리도 흐리게 지워져 있었다. 물안개 저편에서 누군가 이쪽으로 걸어오고 있었다. 아니다. 물안개 때문에 걸어오고 있는지 걸어가고 있는지 불분명해 보였다. 기억 저편이라는 제목이 붙어 있었다.

"시간이 젖어들고 있구나."

"비가 내리고 있어요."

"못 견디는 그리움의 정체가 무엇인지 모르겠구나."

전체적으로 무채색에 가까운 색조의 그림들이었다. 대부분이 유년의 기억들과 연루된 내용으로 이루어져 있었다. 다른 그림 앞에 설 때마다 조 선생은 매우 감동을 받은 표정으로 탄성을 발하곤 했다. 조 선생이 전시장을 반쯤 돌았을 때는 관람객들이 모두 숨을 죽이고 조 선생의 뒤를 따르고 있었다. 조 선생이 마지막 그림에서 발길을 돌렸을 때는 이미 날이 어두워져 있었다.

"조 선생님, 정말로 고맙습니다. 오늘 저는 비로소 조 선생님 덕분에 제 그림에 대한 자신감을 가지게 되었습니다. 조 선생님은 예술이 손끝에 의해서 만들어지는 것이 아니라 영혼에 의해서 만들어지는 것이라는 사실을 제게 새삼 확인시켜 주셨습니다. 정말로 고맙습니다. 정말로 고맙습니다."

무명화가는 눈물까지 글썽이고 있었다. 그의 부인도 곁에서 손수건으로 눈물을 닦아내고 있었다. 관람객들이 숙연한 모습으로 그 광경을 지켜보고 있었다. 검은색 베레모를 쓴 사내는 보이지 않았다. 이미 오래전에 어디론가 사라져버린 모양이었다.

23
연쇄반응

예감이 좋지 않은 날이었다.

집을 나설 때만 하더라도 괜찮았는데, 백화점 화장실에서 오줌을 누고 이층으로 올라가려 했을 때 갑자기 좋지 않은 예감이 전신을 엄습해 오고 있었다. 공수요원에게 있어서 예감이란 안전경보와 조금도 다름이 없었다. 무시하면 틀림없이 재앙을 면치 못한다는 사실을 아버지로부터 철두철미하게 교육받은 바가 있었다. 나는 임무수행을 포기해 버리는 수밖에 없었다.

나는 식당가 제과 코너로 올라갔다. 이 백화점의 식당가는 오층에 위치해 있었다. 나는 팥빙수나 하나 먹고 집으로 돌아갈 작정이었다.

"지금 우리 백화점 매장마다 형사들이 설치고 다니는 거 모르고 있지."

"그거 가르쳐주고 싶어서 만나자고 했니."

내가 제과 코너에서 팥빙수를 먹고 있을 때였다. 유니폼을 입은 여직원 두 명이 바로 내 옆자리로 오더니 누가 들을세라 주위를 살피며 은밀한 목소리로 속삭이기 시작했다. 나는 갑자기 불안해지기 시작했다. 내게 있어서 형사라는 단어는 독사라는 단어보다 몇 배나 소름이 끼치는 단어였다. 비록 형사가 사회정의를 구현하는 직업이라고는 하지만, 소매치기인 나로서는 무조건 접근을 금지해야 할 천적이었다. 팥빙수가 차츰 냉각수에 버무려놓은 왕모래처럼 껄끄러운 감촉으로 느껴지고 있었다.

"무슨 일로 형사들이 백화점 매장마다 설치고 다니는지 너는 궁금하지도 않니."

"설마 나를 붙잡으러 오지는 않았겠지."

"너는 어쩌면 그렇게 매사에 무사태평일 수가 있니."

"이건 비밀이지만 나는 거대한 역사의 소용돌이에 한번 휘말려본 적이 있는 여성으로서, 후세에 애국충절의 대명사로 길이 전해질 인물이야. 형사 정도의 직급은 도저히 내 관심의 대상이 될 수가 없다는 사실을 언젠가는 너도 알게 되겠지."

방학 때였다. 제과 코너에는 내 또래의 아이들도 많이 들어와 있었다. 그러나 나처럼 혼자 팥빙수를 먹고 있는 아이는 아무도 없었다. 모두가 곁에 보호자를 대동하고 있었다. 하지만 부럽지는 않았다. 부러움에는 이미 만성이 되어 있었다. 나는 한눈을 팔면서도 여직원들의 대화만은 한 단어도 놓치지 않으려고 애를 쓰고 있었다.

"네가 무슨 역사의 소용돌이에 휘말려본 적이 있는 기념비적 인물이라는 거니."

"알고 싶니."

"알고 싶어."

"비밀이라고 했잖아."

"너도 과거에는 운동권의 핵심요원이었다고 말할 작정이지."

"겨우 그 정도니."

"그럼 더 거창하단 말이니."

"말해 주면 아이스크림 사줄래."

"오늘도 날보고 사라는 거야."

"궁금하면."

차라리 나라도 빨리 아이스크림을 사주고 나머지 이야기를 재촉하고 싶은 심정이었다.

"빨리 말해."

"아이스크림을 얻어먹으려면 비밀을 누설하는 수밖에 없겠지, 너 혹시 최경회라는 이름 들어본 적이 있니."

"너네 매장 단골이니."

"무식하기는. 임진왜란 때 병마절도사를 지내신 분이야."

"밑도 끝도 없이 병마절도사는 왜 들먹거리는 거야."

"나는 전생에 전라도 장수라는 마을에서 태어났지. 용모는 흠잡을 데가 없었지만, 팔자는 기구하기 이를 데가 없어서 기생이라는 천직으로 살아가게 되었어. 그런데 황공하게도 병마절도사로 계시던 최경회 어르신의 눈에 들어 총애를 받기에 이른 거야. 어르신은 선조 때 식년 문과에 급제하시고 영해 군수까지 지내신 분으로, 임진왜란 때는 의병장이 되어 무주·금산 등지에서 크게 전공을 세우셨고, 이듬해는 경상우도 병마절도사에 오르셨지. 그해 진주성 싸움에서 아홉 주야를 싸우시다 전사하셨어. 성이 함락되자 왜장들은 촉석루에서 주연을 벌이고 있었는데, 나는 그때 기생으로 참석했다가 울분을 참지 못해 어르신의 원혼이라도 달래고자 계략을 세우고 있었지. 손가락마다 반지를 끼고 왜장놈을 유인한 다음, 허리를 껴안은 채 남강 깊은 물 속에 장렬하게 투신하는 계략이었어. 내가 성공했다는 사실은 너도 국사 시간에 들은 바가 있을 거야. 비밀을 누설하고 나니 왠지 아이스크림이 먹고 싶구나."

"너 지금 조선왕조 오백년 연속극 쓰고 있니."

나는 여직원들의 입에서 형사들에 대한 정보가 누설되기를 끈질기게 기다리고 있었으나 엉뚱하게도 논개 이야기만 지루하게 전개되고 있었다. 나는 공수요원이 되고 나서 처음으로 어떤 위기감에 사로잡혀 있었다.

나는 이제 세상을 보는 눈만은 내 나이 또래의 다른 아이들보다 몇 배나 명확하다는 자부심을 재산으로 간직하고 있었다. 나는 세상이 부패해질 대로 부패해져 있다는 사실도 알고 있었고, 인간이 비정해질 대로 비정해져 있다는 사실도 알고 있었다. 세상은 생존을 위한 전쟁터라는 사실도 알고 있었으며, 타인은 모두 적병이라는 사실도 알고 있었다. 나를 보호해 줄 수 있는 가장 견고한 방패가 황금이라는 사실도 알고 있었고, 적을 쓰러뜨릴 수 있는 가장 강력한 무기가 황금이라는 사실도 알고 있었다. 불행은 빈곤의 아들이며, 황금은 행복의 아버지였다. 혼자 떠돌이로 세상을 살아가는 내게 어른들은 하루에도 몇 번씩 직간접적으로 그러한 사실들을 학습케 만들었다. 습관적으로 백화점을 드나드는 사람들은 대부분 생존을 위한 전쟁터에서 살아남은 승리자들이었다. 패잔병이나 낙오병은 별로 보이지 않았다. 내 앞에 놓여 있는 백화점 제과 코너의 팥빙수도 내 나이 또래로서는 승리자의 자제들만이 부담없이 즐길 수 있는 기호식품이었다. 그러나 아직 나는 완전한 승리자의 가계에 속해 있다고 장담할 수 없는 상태였다. 어쩌면 형사들이 백화점에 나타남으로써 불시에 패잔병이나 낙오병으로 전락하게 될지도 모르는 입장이었다.

"너는 형사들이 백화점에 쇼핑이라도 하러 온 줄 알고 있니."

"아무려면 어떠니. 형사들이 근무 시간에 백화점에서 쇼핑을 하든, 휴식 시간에 편의점에서 점핑을 하든 우리가 걱정할 필요는 없잖아. 간부급들이야 소화불량증에 걸릴 수도 있겠지만 말단 직원들이야 언제나 영양결핍증에 걸려 있는 실정이잖아. 퇴근할 때마다 몸수색까지 당하면서 살아왔는데 털어봐야 먼지밖에 더 나오겠니."

"지금까지 무슨 일이 생기면 백화점 보안과에서 해결했었지, 형사들이 직접 출동한 적은 없었잖아."

나는 심상치 않다는 느낌에 사로잡혀 있었다. 내가 공수요원으로 활동하기 시작한 이래로 형사들이 직접 백화점에 나타나기는 이번이 처음이었다. 백화점 내부의 일 때문이 아닐 거라는 추측이 되어 나를 불안하게 만들어주고 있었다.

"그렇기는 하지만 우리가 걱정할 건덕지가 없다니까. 혹시 상품 개발부에서 형사들의 필수상품이라도 개발해서 신문에 대문짝만하게 광고를 게재했는지도 모르잖아. 예를 들자면 저희 백화점에서는 건수를 올리지 못하는 수사관들을 위해 여름 흉악범 실물 대바겐세일을 실시합니다 하는 식으로 말야. 특별 코너를 개설해서 우선 우리 백화점 간부급부터 즐비하게 진열해 놓았는지도 모르지. 만약 그렇다면 엄청난 액수의 정찰표가 붙어 있을 거야. 아마 형사들의 봉급 정도로는 할부라 하더라도 구입할 엄두조차 내지 못하겠지."

"무사태평이 네 등록상표구나."

"내가 세속적인 일들에 대해서는 통일신라시대 때부터 신물이 나 있다는 거 모르고 있었니."

이때 여직원들 앞에 아이스크림이 날라져 왔다. 통일신라시대 때부터 세속적인 일들에 신물이 나 있다는 여직원이 나무 숟가락으로 우아하게 아이스크림을 떠먹기 시작했다. 나의 팥빙수는 아직도 반쯤 남아 있었다.

"전직원에게 보안을 철저히 하라는 지시가 내려졌대. 우리 부장은 낌새가 좋지 않다고 판단했는지 잽싸게 부산으로 출장을 떠나버렸지. 골치 아픈 일이 생기면 만병통치약처럼 써먹는 수법이야. 그러니까 별명이 기름종개지."

"살인사건이라도 발생했다는 거니."

"그러면 벌써 소문이 파다했겠지."

"아니면."

"그저께 어느 고위층 사모님이 우리 백화점에서 소매치기를 당했다는 거야."

"그 정도의 사건을 가지고 너는 지금까지 숨이 넘어가버릴 듯한 표정을 짓고 있었단 말이니. 그리고 너네 부장은 몸을 사리느라 부산까지 출장을 떠났단 말이니. 너네 부서는 상하가 모조리 피해망상증 환자들뿐이구나. 너 지금 아이스크림 먹을 수 있겠니."

"그건 왜 묻니."

"피해망상증 환자는 아이스크림을 먹으면 얼어죽는다고 생각할지도 모르니까."

나는 이제 자리를 떠야겠다는 생각을 하고 있었다. 예감에 의하면 위기는 그리 멀지 않은 장소에까지 도래해 있었다. 그러나 아직 전율감까지는 느껴지지 않았다. 급박하지 않다는 증거였다. 다행스럽게도 내가 너무 어려 보였기 때문인지 여직원들은 전혀 나를 의식하지 않고 있었다.

"형사들을 부른 건 누구래니."

"고위층 사모님이래. 단골이라서 어지간하면 시끄럽지 않게 넘어갈 수도 있었는데 이번이 세 번째래. 넉 달 전에는 며느리가 한 번 당하고, 두 달 전에는 친구가 한 번 당하고, 이번엔 또 자기가 한 번 당했다는 거야. 당할 때마다 백만 원이 넘는 액수였다는 거야. 고위층 사모님이 직접 관할 경찰서에다 신고를 했기 때문에 형사들이 다른 때보다 철저를 기하고 있는 눈치더라."

내 나름대로 줄곧 안전에 철저를 기하기는 했지만, 그런 연쇄반응이 생기리라고는 생각조차 해본 적이 없었다.

"붙잡을 수 있을까."

"절도범들을 붙잡은 적은 많이 있어도 소매치기를 붙잡은 적은 거의 없잖아."

"어디 소매치기 전문학원 같은 데라도 있으면 당장 수강신청을 해두고 싶은 심정이네."

내 예감대로였다. 형사들은 바로 나를 검거하기 위해서 출동했음이 틀림없었다. 서서히 전율감이 느껴지기 시작했다. 머지않은 장소에 위험이 도사리고 있다는 신호였다. 나는 이제 더 이상 팥빙수를 탐닉하고 있을 만큼 한가로운 입장이 아니라는 결론에 도달하게 되었다. 반쯤 남아 있는 팥빙수가 못내 아쉽기는 했지만, 나는 슬그머니 플라스틱 숟가락을 내려놓지 않을 수 없었다.

"엄마가 왜 아직 안 오시는 거지."

나는 자리에서 일어서며 여직원들이 충분히 알아들을 수 있는 크기의 목소리로 걱정스럽게 중얼거렸다.

하지만 엄마 같은 건 기억에도 없었다. 그래도 지금부터 대리엄마를 하나 물색해야 안전하리라는 판단이 내려졌다. 나는 생필품 코너에서 쇼핑을 모두 끝낸 듯이 보이는 삼십대 초반의 주부 하나를 대리엄마로 선택해서 곁에 바짝 따라붙기 시작했다. 예상했던 대로 대리엄마는 내용물로 배가 불룩해진 쇼핑백을 들고 나를 의식하지 못한 채 곧바로 하강하는 에스컬레이터에 몸을 실었다.

그런데 에스컬레이터가 겨우 세 계단쯤 하강했을 때였다. 갑자기 강한 전율감이 내 전신을 엄습하고 있었다. 심장까지 빠르게 박동하기 시작했다. 그건 분명히 적이 가까이에 있다는 위기신호였다. 나는 박동하는 심장을 애써 진정시키며 주도면밀하게 주위를 살펴보기 시작했다. 에스컬레이터는 몹시 붐비고 있었다. 시선을 멀리에서 가까이로 근접시킬수록 위기감이 강하게 느껴지고 있었다. 최악의 사태 같았다.

알고 보니 바로 밑계단에 서 있는 두 명의 사내에게서 느껴지는 전율감이었다. 틀림없는 형사들이었다. 침착해야 한다. 침착해야 한다. 나는 습관처럼 스스로에게 타이르고 있었다. 독사에게는 물려죽는 한이 있어도 형사에게는 붙잡히지 말아야 한다는 결의가 차츰 나를 대범하게 만들어주고 있었다. 형사들은 아직 한번도 내 얼굴을 본 적이 없으며, 신원조차 모르고 있을 거라는 생각도 불안감을 어느 정도 해소시켜 주는 요인이 되어주고 있었다.

역시 형사들은 전혀 나를 의식하지 못하고 있음이 분명해 보였

다. 그들은 심각한 표정으로 자기들끼리 무슨 이야기인가를 주고
받고 있었다. 나는 그들 뒤에 바싹 붙어서서 온 신경을 집중시켜
이야기에 귀를 기울이기 시작했다.

"현찰이 있는 것을 확인한 장소가 귀금속 코너이고, 현찰이 사
라진 것을 확인한 장소가 숙녀복 코너랍니다. 우선 피해자가 거쳐
간 경로를 따라 각 코너별로 그 시간대의 감시카메라 필름을 점검
해 보는 것이 어떨까요."

"아마 소용없을 걸세."

"그렇게 속단하시는 이유라도 있습니까."

"소매치기는 대부분 조직화되어 있는데 체계는 일반회사와 흡
사하다네. 범행에 필요한 경비 일체를 전담하는 사장이 있고, 수익
과 지출을 관리하는 경리가 있고, 범행대상의 정신을 산만케 만드
는 외무사원이 있고, 금품을 갈취하는 기술자가 있지. 그런데 피해
자와 직원들의 진술을 토대로 하면, 이번 소매치기의 경우에는 어
디에서도 외무사원의 역할이 드러나 있지 않다는 점이 특색이라
네. 쉽게 말하자면 바람잡이가 바람을 잡은 흔적이 전혀 없단 말일
세. 뿐만 아니라 도대체 어떤 수법으로 핸드백 속의 내용물을 골라
서 꺼내갈 수 있었는지조차도 드러나 있지 않네. 핸드백 속에는 현
찰로 백만 원씩 세 묶음이 들어 있었고, 귀금속 코너에서 산 반지
와 고액권의 수표도 여러 장 들어 있었네. 그런데 현찰 한 묶음만
감쪽같이 사라져버린 걸세. 핸드백에는 아무런 손상도 가하지 않
았네. 뒤끝이 시끄러워지는 경우를 최소화시킨 소행일세. 귀금속

에 손을 대지 않았다는 사실도 마찬가질세. 장물아비와의 연계를 회피함으로써 최대의 안전을 도모하고 있음이 분명하네. 이토록 주도면밀한 소매치기가 감시카메라에 잡힐 만큼 어리숙하지는 않을 걸세."

비교적 정확한 추리였다. 역시 형사가 다르다는 생각이 들었다.

"신종입니까."

"요즘은 아무도 쓰지 않는 구닥다리 수법일세."

"나이가 많은 소매치기겠군요."

형사들은 에스컬레이터에서 내려 다음 아래층으로 하강하는 에스컬레이터에 탑승했다. 나는 그들의 뒤를 바짝 미행하면서 대화를 엿듣는 일에 온 신경을 집중시키고 있었다.

"핸드백에 손상을 가하지 않고 물건을 꺼내가는 수법은 번개손과 흡사하지만, 현찰만을 표적으로 삼는다는 사실이 번개손과는 다른 부분일세. 번개손이라면 수표도 귀금속도 몽땅 챙겼을 걸세."

형사의 입에서 번개손이라는 아버지의 별명이 튀어나왔을 때, 나는 쇠망치로 뒤통수를 얻어맞은 듯한 기분이었다.

"수법을 보다 안전한 쪽으로 보완한 것이 아닐까요. 한번 수배해 보지요."

"소용없네. 놈은 교통사고로 두 다리를 절단하고부터 그 세계에서 완전히 은퇴해 버렸어. 나도 혹시나 하는 마음으로 아침에 컴퓨터 조회를 해보았는데, 번개손은 작년 여름에 간암으로 사망해 버렸더군. 영원히 용의선상에서 사라져버린 거지."

"조직은 없었습니까."

"철저한 단독범행이 놈의 특징일세. 전국을 통틀어 가장 신묘한 기술을 가진 소매치기였지. 절대로 면도칼 따위는 사용하지 않았네. 오직 손으로만 승부를 겨루는 소매치기로 알려져 있었지. 일체의 연고나 증거를 남기지 않는 것으로도 유명하지. 아무도 놈의 기술을 흉내낼 수 없었네. 용의선상에는 올라 있었지만 한번도 수갑을 차본 적은 없는 놈일세. 원체 신출귀몰하는 재주를 가지고 있어서 소문은 파다한데 얼굴을 알고 있는 사람이 드물 정도였네. 신화적인 놈이었지. 철두철미하게 의리를 지킬 뿐만 아니라 몰래 가난한 사람들도 많이 도와준다는 소문이었네."

"그렇다면 이번 사건은 누구의 소행일까요."

"낸들 알겠는가."

나는 전신에 식은땀이 흐르고 있음을 의식했다.

형사들은 에스컬레이터에서 내리자 숙녀복 코너를 향해 바삐 걸음을 옮겨놓고 있었다. 나는 대리엄마 곁에 바싹 붙어서 무사히 백화점을 탈출할 수 있었다.

바깥은 폭염이 쏟아지고 있었다. 나는 지하철에 몸을 실었다. 그제서야 가슴이 좀 진정되었다. 이제 비밀장소에 숨겨두었던 현찰들을 챙겨 홍천이라는 시골로 내려가는 수밖에 없다는 생각이 들었다. 우선 홍천이라는 시골로 내려가 김상훈이라는 사람을 찾는 일이 시급했다. 전직 공수요원. 칼새. 소매치기 족보로는 내게

삼촌뻘이 된다는 사람이었다. 주소와 전화번호는 머릿속에 입력
되어 있었다.

24
토끼발

"어쩌면 형사들이 저를 붙잡으러 올지도 몰라요. 그러면 저는 처음부터 여기 없었던 걸로 말씀해 주세요. 그러지 않으면 다시 보육원으로 끌려가야 되거든요."

"무. 슨. 일. 이. 있. 었. 니."

"여기서 어물거릴 시간이 없어요. 빨리 도망쳐야 해요. 자리를 잡으면 전화를 드리겠어요. 누구한테도 제가 여기 있었다는 말씀을 하시면 안 된다는 거 잊어버리지 마셔야 해요. 아시겠지요."

나는 집으로 달려가 증거가 될 만한 흔적들을 모조리 인멸시켜 버린 다음, 조 선생 부인에게 나머지 일들을 당부해 놓고 서울로 가서 시외버스에 몸을 실었다. 필요한 것들은 배낭 하나 속에 모두

들어 있었다. 법무부 장관보다 더 강력한 빽은 오리발이고, 오리발보다 더 강력한 빽은 토끼발이다. 아버지의 가르침이었다.

"꼬마야, 어디까지 가냐."

"홍천까지요."

"홍천에는 뭐하러 가냐."

"삼촌네 집에 놀러 가요."

내 곁에는 군인이 동석하고 있었다. 일등병이었다.

"아저씨는 어디까지 가세요."

"홍천까지 간다."

"부대가 홍천에 있나요."

"홍천에 있다."

"홍천에 있는 슈즈슈즈라는 양화점을 아세요."

"워커만 신고 다니는 군바리가 민간인들의 구두를 만드는 양화점을 어떻게 알겠냐."

초행이었으므로 불안한 마음도 없지 않았으나 동행이 있어서 어느 정도는 다행이라는 생각이 들었다. 최소한 엉뚱한 장소에서 내릴 염려는 하지 않아도 될 것 같았다. 군인은 버스가 출발하자 이내 깊은 잠에 곯아떨어져버렸다. 몹시 피곤해 보이는 기색이었다. 요란하게 코까지 골아대고 있었다.

행락철이었다. 버스는 오늘 중으로 서울을 빠져나가지 못할 것 같았다. 엄청나게 차가 밀리고 있었다. 온 세상의 차들이 모두 서울에 집결해 있는 것 같았다. 차라리 걸어가는 편이 더 빠를지도 모르겠다는 생각이 들었다.

버스는 서울을 완전히 빠져나간 다음에야 속력을 내기 시작했다. 날이 어두워지고 있었다. 군인은 아직도 잠에서 깨어나지 않고 있었다. 여행은 길고도 지루했다.

"자암씨 검문이 있겠습다."

버스기 이느 검문소에 멈치자자 헌병 한 명이 능사아너니 알 수 없는 말을 구령처럼 내뱉으며 승객들에게 거수경례를 올려붙였다. 나는 불안감에 사로잡히기 시작했다. 헌병은 승객들을 한번 휘둘러 본 다음 곧장 내게로 걸어오고 있었다. 불안감이 점차로 고조되고 있었다. 그러나 헌병의 목표는 내가 아니었다.

"신분증 좀 봅시다."

헌병의 목표는 내 옆자리에 동석한 군인이었다. 그때까지도 군인은 기나긴 잠에서 깨어나지 않고 있었다. 헌병이 몇 번 어깨를 흔들었을 때야 비로소 눈을 뜨고는 사태를 인지한 표정이었다. 군인은 재빨리 상의 주머니에서 종이 쪽지 한 장을 꺼내 헌병에게 보여주었다. 헌병은 그것을 눈으로 확인하고는 이내 출입문 쪽으로 되돌아가더니, 다시 한 번 승객들에게 거수경례를 올려붙였다.

"가암싸함다."

버스가 출발한 지 일 분이 채 경과하기도 전에 군인은 다시 깊은 잠에 곯아떨어져버렸다. 부대로 돌아가면 제대할 때까지 한숨도 자지 못하고 보초를 서야 하는 임무라도 부여받은 모양이었다. 다른 승객들도 모두 피로감에 지친 모습들이었다.

차창 밖을 내다보았다. 별들이 뿌려져 있는 하늘 밑으로 끊임없이 산들만 이어지고 있었다. 마을도 나타나지 않았고, 불빛도 나타나지 않았다. 도시로부터 너무 멀리 떠나와 있었다. 아직까지 이토록 긴 여행은 해본 적이 없었다. 왠지 울고 싶은 심정이었다.

"여기가 홍천이다."

홍천에 도착하자 군인은 서둘러 내 곁을 떠나버리고 말았다. 귀대시간이 늦어지면 영창을 가게 될지도 모른다는 것이었다. 나는 공중전화 부스에서 슈즈슈즈라는 양화점에다 전화부터 걸어보기로 작정했다.

그러나 전화는 결번을 알리는 여자의 목소리만 반복하고 있었다. 내가 전화번호를 잘못 암기하고 있었는지도 모른다는 생각이 들었다. 전화번호부에서 슈즈슈즈라는 양화점을 찾아보았다. 내가 암기하고 있던 전화번호 그대로였다. 몇 번이나 전화를 걸어보았으나 여전히 결번을 알리는 여자의 목소리만 반복되고 있었다.

나는 두려움에 사로잡히기 시작했다. 직접 슈즈슈즈라는 양화점으로 찾아가는 수밖에 없다는 생각이 들었다. 행인들에게 슈즈슈즈라는 양화점이 어디에 있는가를 물어보기 시작했다. 서울의 밤거리가 광란의 도가니라면, 홍천의 밤거리는 불꺼진 절간이었다. 그러나 불꺼진 절간에서 슈즈슈즈라는 양화점을 찾기는 별로 어렵지 않았다. 거의가 다 알고 있었다. 유명한 양화점인 모양이었다.

하지만 일이 제대로 풀리지 않고 있었다. 슈즈슈즈라는 양화점은 간판만 그대로였고, 주인은 달라져 있었다. 달라진 주인의 말에 의하면, 김상훈이라는 사람은 보증을 잘못 서주는 바람에 부도를 내게 되어 서둘러 가게를 처분해 버렸다는 것이었다. 그 후로도 빚 쟁이들에게 줄곧 시달리다가 어느 날 아무도 몰래 야반도주를 해 버렸다는 것이었다. 벌써 석 달 전의 일이라는 것이었다. 얼마 전에 누군가 춘천에서 얼핏 본 적이 있다는 소리를 듣기는 했지만, 확실한 소재를 알고 있는 사람은 아무도 없다는 것이었다.

"그 사람 처갓집이 춘천으로 이사를 갔다는 소리를 들은 것 같은데, 거기 어딘가에 숨어 있을지도 모르는 일이지."

전혀 예기치 못했던 사태였다. 막막했다. 나는 보육원을 탈출했을 때와 똑같은 심정에 처해 있었다.

이제 버스는 모두 끊어져 있었다. 택시가 있기는 했지만 밤중이라 어디를 가든 처신이 곤란하기는 마찬가지였다. 어차피 홍천에서 일박을 하는 수밖에 없다는 결론에 도달하게 되었다. 나는 시외버스 터미널 부근에 있는 식당에서 허기진 배를 채우고, 눈에 뜨이는 대로 싸구려 여인숙 하나를 찾아들었다.

내일은 춘천으로 한번 찾아가볼 심산이었다. 언젠가 아버지가 칼새는 턱에 칼자국이 나 있다고 말해 준 적이 있었다. 서울에서 김 서방 찾기나 춘천에서 칼자국 찾기나 마찬가지라는 생각이 들었다. 그러나 요행이라도 바라고 싶은 심정이었다. 몹시 근심이 되기는 했으나 너무 피곤했으므로 나는 자리에 눕자마자 배낭을 베개 삼아 깊은 잠에 빠져들고 말았다.

"독립운동을 하기도 바쁜 판국에 집에 들어올 시간이 어디 있다고 여편네가 새벽부터 재수없는 아가리로 기관단총을 쏘아대고 있는 게야. 빨리 군자금이나 가져오라니까."

"유관순 누나한테나 가서 통사정을 해보시구랴. 나는 삶아먹고 죽을래도 땡전 한푼 없으니까. 당신 같은 백수건달 노름 밑천이나 대주려고 내가 온갖 손님들한테 시달리면서 하루 종일 이 걸레 집합소 같은 여인숙에 처박혀 사는 줄 아슈. 보름 만에 집구석에 기어 들어와서는 식구들 안부도 물어보지 않고 대뜸 군자금 타령이야. 주제에 자존심은 있어서 노름하러 다닌다는 말은 못하고 곧 죽어도 독립운동하러 다닌다누만. 독립투사들이 들으면 복장을 치면서 대성통곡할 노릇이지."

나는 여인숙 아줌마가 악을 써대는 소리 때문에 이른 새벽부터 잠을 깨게 되었다. 밖에는 희뿌연 새벽 안개가 부유하고 있었다. 여인숙을 빠져나와 시외버스 터미널로 향했다. 맑은 공기가 전신을 세척해 주고 있었다. 혈관 속까지 투명해지는 느낌이었다. 매표소에서 춘천행 차표 한 장을 끊었다.

25
손바닥에 쓰는 일기

가벼운 바람에도 허공을 떠돌아야 하는 민들레 홀씨도 땅에 닿으면 뿌리를 내리고 꽃이 되는데, 나는 왜 어디에서도 뿌리를 내리지 못하고 한정없이 떠돌기만 하는 것일까.

26
무어(霧魚)라는 물고기를 아시나요

춘천행 버스가 출발하기를 기다리고 있다가, 나는 갑자기 생경한 전율감에 휩싸이기 시작했다. 백화점에서 거액이 들어 있는 핸드백을 목격했을 때와는 판이하게 다른 성질을 가지고 있었다. 백화점의 전율감이 가슴을 냉각시키는 성질을 가지고 있다면, 지금의 전율감은 가슴을 가열시키는 성질을 가지고 있었다. 한 여자가 버스에 탑승하고 있었다. 그때부터 전율감은 점차로 고조되고 있었다. 스물서너 살쯤 되어 보이는 여자였다. 버스표를 들여다보더니 곧장 내 쪽으로 걸어오고 있었다.

"몇 살이니."

내 곁에 동석한 여자가 나이를 물어보았다. 초면인 사람에게 나이를 묻는 관습은 언제부터 생겨난 것일까. 남들이 나이를 물어올 때마다 나는 곤혹스러움에 사로잡히지 않을 수 없었다. 정직하게 대답해 주면 대부분 믿기지 않는다는 표정을 지어 보였기 때문이었다. 그러나 이번에도 나는 정직하게 대답해 주었다.

"열네 살인데요."

"정말이니."

"나이를 속인다고 키가 커지는 건 아니잖아요."

남들에게 나이를 정직하게 말해 줄 때마다 신장이 일 센티씩만 자라주었어도 지금쯤 나는 틀림없이 킹콩만한 거구로 성장해 있을 거였다.

"집이 어디니."

"서울이요."

"춘천은 무슨 일로 가는 거니."

"삼촌댁에 놀러 가요."

버스가 출발하고 있었다. 여자는 통로 쪽에 앉아 있었고, 나는 창문 쪽에 앉아 있었다. 전율감은 시간이 지날수록 차츰 소멸되어 가고 있었다. 나는 전율감의 정체를 알아내기 위해 촉각을 곤두세우고 있었다. 그러나 여자는 아무런 귀금속도 착용하고 있지 않았다. 차분하고 소박해 보이는 차림새였다. 무릎에는 헝겊으로 만든 가방 하나가 놓여 있었고, 그 위에 시집 한 권이 놓여 있었다. 표지에 이하윤(李夏潤) 조행시집(釣行詩集) 춘천회상(春川回想)이라고 인쇄되어 있었다. 소지품이라고는 그뿐이었다.

212

버스는 곡예를 하고 있었다. 모든 길들이 급경사와 급커브로만 이루어져 있었다. 나는 차창 밖을 내다보았다. 언덕을 넘어도 산이 보였고, 모퉁이를 돌아도 산이 보였다. 인가는 별로 보이지 않았다.

"실례하겠습니다."

어디선가 삼십대 초반쯤의 남자 하나가 다가와서는 여자에게 심각한 표정으로 말을 걸어오기 시작했다.

"춘천에 도착하면 저하고 커피나 한잔 하실까요."

남자는 말해 놓고 나서 여자의 대답을 기다리고 있었다. 유명 전자회사의 유니폼을 착용하고 있었다. 건장한 체격을 가지고 있었다. 여자가 차창 밖을 내다보다가 남자에게로 시선을 돌리고 있었다. 서로 모르는 사이 같았다.

"싫은데요."

여자의 대답이었다.

"저는 춘천에서 전자제품 대리점을 경영하고 있는 사람입니다. 아직 미혼이지요. 비록 재벌은 되지 못했지만 마음에 드는 여자에게 커피 한잔쯤 대접해 드릴 만한 경제적 여유 정도는 확보해 놓은 사람입니다."

남자가 말했다. 자신감이 넘쳐흐르는 목소리였다. 쉽사리 물러날 기색이 아니었다. 버스는 여전히 곡예를 하며 산모퉁이를 돌아가고 있었다. 몇 채의 오두막들이 산등성이 밑에 잠들어 있었다. 농부 하나가 소를 몰고 한가롭게 비탈길을 내려오고 있는 모습도 보였다. 춘천에 도착하면 여자와 커피 한잔을 마시기 위해 남자는 일장연설을 시작하고 있었다.

"저는 전자제품이야말로 오늘날 여성해방을 가져오게 만든 일 등공신이라고 생각합니다. 전자제품이 세상에 나타나지 않았다면 여성들은 아직도 밥에 묶이고, 빨래에 묶이고, 걸레에 묶여서 날마다 노예처럼 살아야 했을 겁니다. 이제는 첨단 전자시대입니다. 부채의 시대가 아닙니다. 선풍기의 시대도 아닙니다. 바로 에어컨의 시대지요. 에어컨이 부유층이나 구비할 수 있는 사치품이라고 생각하는 시대는 지났습니다. 해마다 여름철이 되면 에어컨 주문이 쇄도해서 물량이 딸릴 지경입니다. 작년에는 서민들이 더 많이 에어컨을 주문한 것으로 집계되었습니다. 험담을 늘어놓기 좋아하는 사람들은 에어컨이 대기를 오염시키는 주범이라고 떠벌려대지만, 그런 사람들이 바로 사촌이 논을 사면 배가 아파지는 심보를 가진 사람들입니다. 평생토록 성냥갑만한 실내공간에서 팔에 쥐가 날 정도로 부채질이나 하면서 가난에 찌든 채로 살아가야 할 팔자를 타고난 사람들이지요. 에어컨이 설비되어 있지 않은 은행을 보신 적이 있으십니까. 에어컨이 있는 곳에는 언제나 돈이 있고, 돈이 있는 곳에는 언제나 에어컨이 있다는 등식을 증명시켜 주는 대표적인 사례입니다."

남자는 마치 에어컨을 국회로 보내기 위해 선거유세라도 하는 사람처럼 열변을 토하고 있었다. 그러나 여자는 이미 주권을 포기해 버린 모양이었다. 계속해서 차창 밖으로만 시선을 고정시켜 놓

214

고 있었다.

"춘천에 도착하면 저하고 커피나 한잔 하실까요."

남자는 반드시 여자와 춘천에 도착하면 커피를 한잔 마셔야만 국가발전을 도모할 수 있다고 굳게 확신하고 있는 사람 같았다. 그러나 여자는 묵묵부답이었다. 나는 남자에게 자리라도 양보해 주어야 할 것 같은 부담감에 사로잡혀 있었다. 남자는 이제 고장난 녹음기처럼 자꾸 같은 대사를 되풀이하고 있었다.

"춘천에 도착하면 저하고 커피나 한잔 하실까요."

정말로 끈질긴 근성을 가지고 있는 남자였다.

"춘천에 도착하면 저하고 커피나 한잔 하실까요."

아직도 목소리는 자신감을 잃지 않고 있었다. 열 번 찍어 안 넘어가는 나무가 있다면 전기톱으로 잘라서라도 넘어뜨리고야 말겠다는 태세였다. 여자는 그제서야 피곤한 표정으로 남자를 향해 고개를 돌리고 있었다.

"무어라는 물고기를 아세요."

여자가 남자에게 물었다.

"문어 말입니까."

남자가 어눌한 목소리로 반문했다.

"문어가 아니라 무어예요."

"그런 물고기도 있습니까."

"모르시는군요. 만약에 무어라는 물고기를 아신다면 커피를 백 잔이라도 같이 마셔드릴 작정이었는데요."

"어떻게 생긴 물고기입니까."

"춘천에만 살고 있는 물고기인데, 평소에는 물 속을 헤엄쳐 다니지만 안개가 짙은 날은 안개 속을 헤엄쳐 다니지요. 아시다시피 춘천에는 세 개의 댐이 축조되어 있어요. 물론 전자제품을 팔아먹는 사람들은 댐을 좋아하시겠지요. 전기를 생산해 내는 축조물이니까요. 하지만 댐은 물고기들의 입장에서 보면 종신형 감옥이에요. 댐이 생기기 전에는 모든 물고기들이 여러 갈래의 강줄기를 상하류로 자유롭게 헤엄쳐 다닐 수가 있었지만, 댐이 생기고 나서부터는 한정된 수역 속에서만 살게 되었죠. 의암호에서 사는 물고기는 종신토록 의암호에서만 살아야 하고, 춘천호에서 사는 물고기는 종신토록 춘천호에서만 살아야 하고, 소양호에서 사는 물고기는 종신토록 소양호에서만 살아야 해요. 하지만 무어는 달라요. 모든 댐을 넘나들면서 살 수가 있지요. 안개 속을 헤엄쳐 다니는 특성을 지니고 있으니까요."

"물고기가 하늘을 날아다닐 수가 있단 말입니까."

남자가 항의조로 말했다.

"물론이죠."

"물고기가 하늘을 날아다닌다면 물총새는 땅 속에서 살아야 하겠군요."

남자는 약간 조소 어린 표정을 지어 보였다.

"바다에도 날아다니는 물고기가 있다는 사실을 모르세요."

"그건 또 이름이 뭡니까."

"날치예요."

"갈치를 잘못 알고 계시는 거 아닙니까."

"갈치가 하늘을 날아다닐 수 있나요."

"없지요."

"분명히 말씀드리지만 날치는 하늘을 날아다닐 수 있어요. 날치는 경골어류로서 동갈치목에 속하는 물고기죠. 가슴지느러미가 특히 발달해 있는데, 수평으로 펼치면 날개와 흡사한 기능을 발휘할 수가 있지요. 수면 위로 삼 미터 정도의 높이를 유지하면서 비행할 수가 있어요. 난류성 물고기로 한국의 바다에도 분포되어 있지요."

아까는 남자가 시종일관 에어컨에 대한 이야기만 하더니, 이제는 여자가 시종일관 물고기에 대한 이야기만 하고 있었다. 두 사람의 대화는 춘천에 도착할 때까지 서로 소통되지 않을 것 같은 느낌이었다. 남자는 그만 입을 다물어버리고 말았다.

"춘천은 아직도 멀었나요."

내가 여자에게 물었다.

"이 고개만 넘으면 춘천이 훤히 내려다보이지."

여자가 지금 원창고개를 넘어가고 있는 중이라고 가르쳐주었다. 버스는 이제 해소병 환자처럼 심하게 가래 끓는 소리를 뱉어내며 언덕길을 힘겹게 기어오르고 있었다. 어느 때보다도 가파른 경사였다. 버스는 가쁘게 숨을 헐떡거리고 있었다. 금방이라도 절명해버릴 것 같았다.

"춘천은 어디 있어요."

나는 다시 여자에게 물었다.

버스가 마루턱에 당도했는데도 춘천은 보이지 않았다. 삽시간에 짙은 우윳빛 농무(濃霧)가 사방에서 버스를 에워싸고 있었다. 한치 앞도 내다볼 수가 없었다.

"안개가 춘천을 삼켜버렸어."

여자가 차창 밖을 내다보며 경외간에 찬 목소리로 나지막이 탄성을 발하고 있었다. 차창 밖은 아무것도 보이지 않았다. 하늘도 보이지 않았고, 땅도 보이지 않았다. 길도 보이지 않았고, 가로수도 보이지 않았다. 모든 사물이 실종되어 있었다. 오직 짙은 안개만이 포화상태를 이루고 있었다. 처음 보는 농무였다. 세상 전체가 마법에 걸려 있는 것 같았다. 버스는 안개의 군단에 피랍되어 서행으로 어디론가 끌려가고 있었다. 나는 마치 사차원의 세계로 빨려들고 있는 듯한 착각 속에 사로잡히고 있었다.

"이제 춘천 시내로 진입해 들어가고 있는 거야."

여자가 내게 말했다.

다른 승객들은 한결같이 침묵 속에 빠진 채 바깥으로만 시선을 집중시키고 있었다. 바깥에는 아직도 짙은 안개가 포화상태를 이루고 있었다. 시간이 기화되고 있었다. 공간도 기화되고 있었다. 버스가 종착지에 당도할 때까지 안개는 걷히지 않고 있었다. 안개 저편에 흐리고 둥근 불빛 몇 개가 떠 있었다. 가로등 같았다. 버스는 터미널에 도착하자 잠시 경련을 일으키다가 일순간에 숨이 끊어져버리고 말았다.

"어디 가서 저하고 커피나 한잔 하실까요."

유명 전자회사의 유니폼을 착용한 남자가 여자에게 다시 진드기를 붙고 있었다. 그러나 여자는 아무런 반응도 보이지 않았다.

"재미있게 놀다 가렴."

여자는 내게 인사 한마디를 남기고는 자리에서 일어서고 있었다. 승객들이 꾸역꾸역 통로를 빠져나가고 있었다. 나는 승객들이 모두 하차한 뒤에도 텅 빈 버스 안에 그대로 머물러 있었다. 난감했다. 일단 배낭을 메고 자리에서 일어서는 수밖에 없었다. 그때였다. 어디선가 코고는 소리가 들리고 있었다. 버스 안을 둘러보니 제일 뒷좌석에 할아버지 하나가 잠에 곯아떨어져 있었다. 남루해 보이는 할아버지였다. 버려두고 혼자 내리기가 죄스럽다는 생각이 들었다.

"할아버지, 춘천이에요. 일어나세요."

나는 할아버지를 흔들어 깨우기 시작했다.

"어디서 나타난 선동이냐."

할아버지가 눈을 떠서는 물끄러미 나를 쳐다보며 묻고 있었다. 나는 무슨 뜻인지 몰라서 대답하지 않았다. 차창 밖을 내다보니 조금 전 버스에서 내린 승객들이 방향감각을 상실한 채 짙은 안개 속을 서성거리고 있었다. 마치 집단최면에라도 걸려 있는 무리들 같았다.

"할아버지도 갈 데가 없으세요."

내가 물었다.

"천하가 다 내 집인데 왜 갈 데가 없겠느냐."

할아버지의 대답이었다. 호기 있는 목소리였다.

할아버지는 자리에서 일어서더니 허청허청 통로를 빠져나가고 있었다. 나는 아직도 아무런 결정을 내리지 못하고 있었다. 버스에서 내리자 안개가 전신을 휘감아오고 있었다. 나는 무작정 할아버지의 뒤를 따라가기 시작했다. 터미널 대합실의 시계는 일곱시 이십삼분을 가리키고 있었다. 춘천은 아직도 잠에서 완전히 깨어나지 않은 상태였다. 안개 때문인 것 같았다. 나는 할아버지의 뒤를 따라가다가 습관적으로 터미널의 신문 가판대에 눈길을 주게 되었다.

백화점 소매치기 극성. 경찰 일제 단속에 나서.

제법 큼지막한 제호의 활자들이 눈을 부릅뜬 채 나를 노려보고 있었다. 소름이 오싹 끼쳤다. 할아버지는 전혀 나를 의식하지 못한 채 짙은 안개 속으로 걸어 들어가고 있었다. 나는 할아버지를 놓칠세라 걸음을 재촉해서 따라붙고 있었다. 갈수록 안개는 농도를 더해 가고 있었다. 지척을 분간할 수가 없을 지경이었다. 마치 환각 상태에 빠져 있는 듯한 기분이었다. 한참을 걷고 있는데 어디선가 신선한 물비린내가 맡아져 왔다. 안개 저편 어딘가에 호수가 있는 모양이었다.

27
격외선당(格外仙堂)

그날 나는 할아버지를 미행하다가 도중에 덜미를 잡히고 말았다. 할아버지는 미행을 눈치채고 길모퉁이 농무 속에 잠복해 있었다. 나는 최대한 슬픈 표정을 지어 보이며 자초지종을 장황하게 털어놓지 않을 수 없었다. 그러나 공수요원과 관계된 사실만은 한마디도 누설하지 않았다.

"처지가 딱하게 되었구나."

그날부터 나는 당분간 할아버지와 함께 생활하게 되었다.

할아버지는 격외선당(格外仙堂)이라는 현판이 걸려 있는 암자에 혼자 살고 있었다. 조그만 암자였다. 춘천의 서면 금산리 야산 골짜구니에 외따로 소재해 있었다. 친분이 두터운 어느 노스님이 기거하고 있었는데, 신도들이 절을 지어 주지로 모셔가는 덕분에 할아버지 차지가 되었다는 것이었다.

"할아버지는 연세가 어떻게 되세요."

"나는 산을 마주하면 산하고 나이가 같아지고, 강을 마주하면 강하고 나이가 같아지니까 몇 살인지는 네가 계산해 보아라."

내가 던지는 그 어떤 질문에두 할아버지는 명확한 대답을 해주지 않았다. 고향이 어디냐고 물으면 선계(仙界)라고 대답했고, 선계가 어디냐고 물으면 신선(神仙)들이 사는 마을이라고 대답했다. 할아버지는 나를 선동(仙童)이라고 불렀고, 자신을 신선이라고 자처했다.

할아버지가 마시는 모든 술은 신선주(神仙酒)였고, 할아버지가 바라보는 모든 풍경은 신선경(神仙景)이었다. 그러나 나는 할아버지가 자기도취에 빠져 있다고 생각하고 있었다. 내가 아는 바에 의하면 신선은 동화책이나 만화책을 통해서만 접할 수 있는 전설상의 존재였으며, 종착지에 버스가 도착한 줄도 모르고 코나 골아대는 모습의 현실적 존재가 아니었다.

"할아버지도 구름을 타고 하늘을 날아다닐 수 있으신가요."

"진정한 신선은 세속에 몸을 담고 있으면서 술사들처럼 구름을 타고 하늘을 날아다니는 재주 따위를 보여주는 일을 부끄럽게 생각하는 법이니라."

"그러면 할아버지는 구름도 안 타고 하늘을 날아다니시나요."

"하늘을 날아다니는 일이야 새들에게 주어진 풍류이지, 어디 신선에게 주어진 풍류이겠느냐."

할아버지는 아무런 도술도 부리지 못한다는 사실을 인정하면서도, 자신이 신선이 아니라는 사실만은 결코 수긍하려 들지 않았다.

"도술이 신선의 증거가 아니라 마음이 신선의 증거이니라."

비록 하늘을 날아다닐 수 있는 도술을 부리지는 못해도 어디에 있으나 마음이 도원경을 노니는 경지라면 그가 바로 신선이라는 주장이었다. 그러나 나는 결코 할아버지가 신선이라고는 생각되지 않았다. 신선병 환자라고만 생각되었다.

"할아버지는 이 많은 책들을 모두 다 읽으셨나요."

"읽었지."

암자에는 엄청나게 많은 책들이 소장되어 있었다. 할아버지가 암자에 있을 때는 책을 뒤적거리는 일이 유일한 소일거리였다. 대개가 한문투성이의 책들이었다. 천자문을 모조리 외우고 있는 나로서도 도무지 이해가 되지 않는 내용들이었다.

"할아버지는 이 많은 책을 다 읽으시고도 왜 아직까지 출세를 못하셨어요."

"신선이 되었으면 그만이지 더 이상의 출세가 어디 있단 말이냐."

할아버지의 신선병은 치유불능인 중증이었다. 자신은 낚시를 통해 도에 이른 신선으로서, 선계에서는 무간선(無竿仙)이라는 호칭으로 불리어진다는 허언까지 서슴지 않았다. 나는 때로 할아버지가 정신이 약간 이상해져 있는지도 모른다는 의구심을 떨쳐버릴 수가 없었다.

"할아버지는 왜 텔레비전을 들여놓지 않으셨어요."

"세상만사를 훤하게 알고 있는데 텔레비전이 왜 필요하단 말이냐."

나와는 너무 다른 세계에서 살고 있는 할아버지였다. 도대체 말이 통하지 않는 동숙자였다. 나는 심심해서 숨통이 막혀버릴 지경이었다. 오락기를 가지고 오기는 했으나 한번도 사용해 본 적이 없었다. 전기는 들어왔지만 텔레비전이 없었기 때문이었다.

"할아버지는 친척이 아무도 없으신가요."

"아직도 그런 번거로운 인연에서 풀려나지 못했다면 신선이라고 자처할 수가 없겠지."

바깥에 나가 보면 멀리 호수 건너편에 도시가 있었다. 춘천이었다. 거기 어딘가에 칼새라는 별명을 가진 사내가 빚쟁이들을 피해 몸을 숨기고 있을지도 모르는 일이었다. 격외선당 가까이에는 한 채의 인가도 눈에 뜨이지 않았다. 세상과는 일체 단절되어 있었다. 일주일이 지났지만 아무도 찾아오지 않았다. 다행스럽게도 형사들에 대한 불안감은 조금도 느껴지지 않고 있었다. 내게는 그것만이 유일한 위안이었다.

"할아버지는 직업이 없으신가요."

"천하만물이 모두 내 소유인데 직업 따위가 무슨 소용이 있겠느냐."

"생활비가 생기지 않으면 먹고 살 수가 없잖아요."

"저 마타리꽃 위를 날아다니는 호랑나비는 생활비가 없는데 어떻게 먹고 살아가겠느냐."

내가 보기에 할아버지는 아무런 직업도 없이 혼자 살아가는 가난뱅이였다. 방 안에 있는 책을 찢어 국을 끓여먹을 수도 없는 일이었고, 마당에 있는 흙을 파서 밥을 지어먹을 수도 없는 일이었다. 언제라도 내가 백화점에서 실적을 올리게 된다면 분배엄수의 계율대로 칠십 퍼센트의 현찰을 지급해 드리고 싶은 극빈자 중의 하나였다. 그런데도 할아버지는 무사태평이었다.

"오늘은 우리 선동에게 춘천 구경이나 시켜줄까."

날씨가 쾌청한 어느 날이었다. 현기증이 날 정도로 눈부신 햇빛 속에서 매미들이 시끄럽게 울어대고 있었다. 할아버지는 나를 데리고 격외선당을 나섰다. 마타리·부전나비·억새풀·풀무치·오리나무·쓰르라미·엉겅퀴·범나비·물푸레·참매미·찔레덤불·살모사·쑥대풀·참나무·불개미·산나리. 할아버지가 야산을 내려오면서 가르쳐준 이름들이었다.

"풀 한 포기도 벌레 한 마리도 모두 조물주가 저술한 아름다운 책 한 권이니라. 행여 하찮게 여기거나 함부로 손상치 않도록 각별히 유념하여라."

할아버지는 내게 진지한 표정으로 당부하고 있었다.

야산을 내려와 선착장에 당도하니 때마침 발동선이 들어서고 있었다. 바람 한 점 없는 날씨였다. 호수는 거울처럼 잔잔했다. 발동선은 거울처럼 잔잔한 호수를 깨뜨리며 춘천을 향해 달려가고 있었다.

"아무리 감각이 무딘 사람도 춘천에서 삼 년만 살면 시인이 된다는 말도 있느니라."

할아버지의 춘천 예찬이었다.

춘천은 호수에 둘러싸여 있는 아름답고 정갈한 도시였다. 모든 풍경이 한 폭의 수채화처럼 투명해 보였다. 호수 변두리로 푸르른 숲들이 자라 오르고 있었다. 이따금 푸르른 숲들을 가로질러 순백색 날개를 가진 새들이 날아다니고 있었다. 어디선가 끊임없이 음악 소리가 들리고 있었다.

거리는 깨끗하게 단장되어 있었다. 도로변으로 꽃들이 즐비하게 피어 있었다. 아직 아무것도 부패되지 않은 상태 같았다. 자연도 부패되지 않은 상태 같았고, 인간도 부패되지 않은 상태 같았다. 매연도 없었고, 소음도 없었다. 번화가로 들어가보아도 마찬가지였다. 장사꾼의 악다구니 소리도 들리지 않았고, 아무렇게나 방치되어 있는 쓰레기도 보이지 않았다. 서울이 암투의 도시라면, 춘천은 평온의 도시였다.

"춘천에는 백화점이 없나요."

"지금은 없지만 머지않아 생기겠지."

나는 행인들의 턱만 유심히 살피며 걷고 있었다. 칼자국이 보이는 행인은 눈에 뜨이지 않았다. 모두가 정상적인 턱을 보존하고 있었다.

"낚시질을 해본 적이 있느냐."

"없는데요."

"그렇다면 이제부터 내가 천하를 낚는 법을 네게 가르쳐주겠다."

할아버지는 나를 데리고 낚시점으로 들어갔다. 낚시점에는 물고기를 낚는 데 필요한 각종 장비들이 즐비하게 진열되어 있었다. 할아버지는 낚시가방 속에다 간단한 초보자용 채비들을 꾸려서 내 어깨에다 걸쳐주고는 허리춤에서 대금을 꺼내고 있었다. 놀랍게도 십만원권 자기앞수표였다. 나는 직업도 없이 날마다 무위도식을 일삼는 할아버지가 어디서 그런 고액권을 마련했는지 몹시 궁금했다. 그러나 물어볼 수는 없었다.

"이건 무슨 소리예요."

춘천 구경을 마치고 선착장에서 발동선을 기다리고 있을 때였다. 갑자기 천지를 뒤흔드는 굉음이 도시를 난타하고 있었다. 대기가 파열되고 있었다. 호수가 진저리를 치고 있었다. 나는 자신도 모르게 할아버지의 팔소매를 부여잡고 있었다.

"전쟁이 터졌나봐요."

나는 겁먹은 목소리로 소리쳤다. 그러나 내 목소리는 굉음 속에 파묻혀버리고 말았다. 굉음은 도시 어딘가에서 돌출되어 하늘로 치솟아 오르고 있었다. 헬리콥터였다. 도시 어딘가에서 헬리콥터들이 차례로 떠올라 일렬종대로 호수를 가로지르고 있었다. 내게는 도발적이면서도 위협적인 광경이었다. 춘천의 모든 평온이 한꺼번에 굉음 속에 함몰되고 있었다.

"신선들이 구름을 타고 하늘을 날아다니지 않는 이유는 꼴사나운 비행기가 생기고 나서 하늘이 천박해져 버렸기 때문이다."

헬리콥터가 멀어져가자 할아버지가 말했다. 바로 뒤편에 미군부대가 주둔해 있다는 설명이었다. 이제는 산천이 모두 서양문물에 잠식당해서 우리의 미풍양속은 시궁창에 버려진 쓰레기 꼴이 되어버렸노라고 할아버지는 탄식을 금치 못하고 있었다.

28
조행기(釣行記)

"낚시질은 물고기를 잡아서 식탁 위에 올려놓기 위한 생계수단이 아니라, 네 마음을 낚아서 우주 속에 방생하기 위한 심신수양이니라."

할아버지의 가르침이었다. 하지만 나는 도무지 이해할 수가 없었다. 먹지도 않을 물고기를 왜 잡아야 하는지도 이해할 수가 없었고, 형체도 없는 마음을 어떻게 낚아서 우주 속에 방생하라는 것인지도 이해할 수가 없었다. 그러나 어른들은 아이들에게 자신들이 소유하고 있는 기술과 지식을 어떻게 해서든 전수하지 않으면, 세상이 당장에라도 멸망의 구렁텅이로 함몰해 버린다고 생각하는 모양이었다. 돌아가신 아버지가 내게 소매치기를 가르치려고 전심전력을 기울였을 때와 마찬가지로, 할아버지도 내게 낚시질을 가르치려고 전심전력을 기울이고 있었다.

"요즘은 대학을 나오지 않으면 인간 대접을 받지 못한다고 생각하는 사람들이 대부분이지만, 나는 그렇게 생각하지 않는다."

할아버지는 이 세상의 모든 대학을 인간이 축조해 놓은 가장 협소한 지식의 감옥으로 생각하고 있었다. 대부분의 대학들이 수많은 젊은이들을 질긴 논리의 창틀 속에 감금시키고, 마음으로써 대우주를 거침없이 넘나들 수 있는 자유를 속박하기 때문이라는 것이었다. 할아버지는 대자연이야말로 이 세상에서 가장 위대한 스승이자 대학이라는 주장이었다. 나는 이 세상에서 가장 위대한 스승이자 대학이라는 대자연 속에서 할아버지에게 낚시질을 배우느라 그해 여름을 모조리 탕진해 버리지 않을 수 없었다.

"물고기에 대한 인간의 탐욕이 낚싯바늘을 발명하게 만들었지."

보기와는 달리 할아버지는 전분야에 걸쳐서 놀라운 지식을 겸비하고 있었다. 특히 낚시에 관계되는 일이라면 동서고금의 모든 지식을 빠짐없이 수집해서 두뇌 속에 입력시켜 놓은 모양이었다.

"한때는 물고기의 뼈로 낚싯바늘을 만들어 물고기를 잡았던 적도 있느니라."

할아버지는 가장 적은 면적에 가장 많은 서적이 소장되어 있는 이동도서관이었다. 프랑스의 브뤼니켈에서 발굴된 골각기(骨角器). 스위스의 호저에서 발굴된 목각바늘. 고대 중국의 강상조어도(江上釣魚圖)에 그려져 있는 조차(釣車). 중석기시대의 유물로 남

230

아 있는 목석바늘. 청동기 시대의 유물로 남아 있는 구리바늘. 현대에 이르러 다양하게 발달되어 있는 강철바늘. 할아버지는 동서 고금의 낚싯바늘과 관계되어 있는 지식만을 모조리 열거하는 데도 하루해가 부족할 지경이었다.

"춘천에도 월척이라는 물고기가 사나요."

"월척은 물고기의 이름이 아니다."

"낚시꾼이 월척이라는 물고기를 잡아서 들고 있는 사진까지 신문에 실려 있었는데요."

"얼마나 커보이더냐."

"베개만한 놈이었어요."

"사진으로는 그만한 놈으로 보일 수도 있겠지."

"그건 무슨 물고기지요."

"붕어라는 물고기겠지. 월척은 물고기의 이름이 아니라 물고기의 치수를 나타내는 말로서, 정통한 낚시꾼들이 한 자가 넘는 붕어를 일컬을 때 상용하느니라."

할아버지의 설명에 의하면, 월척이란 한 자가 넘는 붕어를 지칭할 때만 쓰여지는 낚시용어였다. 특히 정통한 낚시꾼들은 대낚시를 사용해서 붕어를 잡았을 경우에만 월척을 인정한다는 것이었다. 강도낚시로 잡았어도 월척이 아니요, 방울낚시로 잡았어도 월척이 아니라는 것이었다. 그러니까 아무리 대낚시로 집채만한 물고기를 잡았더라도 붕어가 아니면 월척으로 인정하지 않는다는 설명이었다.

"물고기가 약재로 쓰인다는 말은 들어보았느냐."

"못 들어보았는데요."

"한방에서는 모든 물고기를 약재로 쓰고 있지. 그중에서도 붕어는 오장을 이롭게 하는 데 특출한 효능을 가지고 있다. 허준의『동의보감』에는 다른 물고기들은 모두 오행의 화에 속하지만, 붕어만이 오직 토에 속한다고 분류되어 있지. 소화기관 속으로 들어가면 위를 편안하게 하고, 창자를 이롭게 하며, 간의 기력을 북돋아주는 효능도 가지고 있다. 뿐만 아니라 어린아이들의 눈병이나 부스럼에는 붕어의 머리뼈를 태워서, 그 재를 바르면 효험이 있다고도 명기되어 있느니라. 또 서유구의『임원십육지』중「인제지」를 보면 붕어가 치질을 고치고 부기증의 물을 빠지게 하며, 현기증이나 설사를 다스린다는 사실도 알 수가 있지."

그러나 오늘날은 붕어의 수가 점차로 줄어들고 있다는 것이었다. 배스니 블루길이니 향어니 하는 외래어종들이 알과 치어들을 닥치는 대로 먹어치우기 때문이라는 것이었다. 그것들은 환경에 대한 적응력이 빠르고 번식력이 왕성하며 성정이 난폭하고 탐욕적이어서, 그대로 방치해 두면 머지않아 토착어종들이 멸종하게 될는지도 모른다는 것이었다.

"외래어종들은 바다를 헤엄쳐서 우리나라에까지 들어왔나요."

"비행기를 타고 우리나라에까지 들어왔느니라."

"누가 비행기를 태워주었나요."

"제삼공화국 때부터 높으신 양반들이 앞뒤를 가리지 않고 모셔

다가 도처에 방생해 놓았지."

"그때는 높으신 양반들이 신토불이라는 말도 모르는 바보들이 었나요."

"바보들이라면 차라리 그런 짓을 못했겠지."

"바보들이 아닌데도 왜 그런 짓을 했을까요."

"바보들보다 못한 위인들이니까 그런 짓을 했겠지."

할아버지는 낚시꾼들에게 가장 사랑을 받는 수중신선으로 붕어를 추대하고 있었다. 그러나 요즘은 외래어종들 때문에 인공댐호가 세 군데나 존재하고 있는 춘천에서도 붕어의 입질을 구경하기가 힘들어졌다는 탄식이었다.

그러나 할아버지는 내게 처음부터 호수로 나가서 수중신선을 친견할 수 있는 자격을 부여하지는 않았다. 우선 낚시꾼이 갖추어야할 기본지식과 예의범절부터 철두철미하게 숙지시키는 일에 주력했다. 할아버지의 가르침에 의하면 낚시질은 오락이 아니라 도락이었다. 오락은 경거망동을 해도 상관이 없지만, 도락은 경거망동을 하면 격조가 떨어지고 만다는 것이었다.

"낚시질은 실전에 임하기 전에 우선 육물의 성질을 알고, 그것들을 조정하는 방법부터 익혀야 한다."

육물(六物)이란 대·줄·찌·봉·바늘·미끼를 종합해서 일컫는 말로서, 예로부터 낚시의 기본채비로 알려져 있었다. 나는 그것들을 결합하거나 분해하는 일을 하루에도 몇 번씩이나 반복하지 않을 수 없었다. 내가 눈을 감고도 그것들을 능수능란하게 다룰 수 있는 솜씨를 가지게 되었을 때야, 할아버지는 비로소 나를 호수로 데리고 나가는 자비심을 베풀었다.

"다른 사람들보다 감각이 좋아서 몇 배나 빨리 익히는구나."

야산을 내려가 도로를 횡단해서 조금만 걸으면 의암호였다. 의암호에 나가면 언제나 신선한 물비린내가 폐부로 스며들었다. 모든 풍경들이 수면 위에 거꾸로 잠겨 있었다. 이따금 바람이 불면 풍경들은 조각조각 흔들리며 사방으로 흩어졌다. 할아버지는 내가 수심에 맞추어 찌와 봉돌을 조정하는 일에 익숙해지자, 비로소 낚싯대를 휘두르는 법을 가르쳐주었다.

앞치기. 내려치기. 밀어치기. 돌려치기. 반돌리기. 할아버지는 그중에서도 앞치기를 가장 도덕적인 휘두르기로 추천하고 있었다. 줄의 행동반경이 축약적이고 동작이 간결하기 때문에 타인의 낚시질에 방해가 되지 않는 휘두르기였다. 뿐만 아니라 미끼를 최대한 맑게 쓸 수가 있으며, 원하는 장소에 대체로 정확하게 투척되는 장점도 가지고 있었다. 그러나 할아버지는 휘두르기에 익숙해질 때까지 결코 미끼의 사용을 허락하지 않았다. 하루 종일 빈 낚싯대만 휘두르게 만들었다.

"미끼도 매달지 않고 어찌 그리 엄청난 대어를 낚았느냐."

때로는 손가락에 낚싯바늘이 박혀 피를 흘리기도 했고, 때로는 나뭇가지에 낚싯줄이 걸려 초릿대를 분지른 적도 있었다. 신경질을 내면 영락없이 낚싯줄이 헝클어졌다. 그러면 낚싯줄을 푸는 일에만 몇 시간을 허비하기 일쑤였다.

"마음이 흔들리면 낚싯줄도 흔들리느니라."

이러다가는 내가 할아버지의 나이가 될 때까지 피라미 한 마리도 잡아보지 못한 채 인생의 종말을 고하게 될 것 같았다. 오직 휘두르기로 한평생을 보내었다는 낚시경력만 남게 될 것 같았다.

"오늘부터는 밑밥을 주는 요령을 배우도록 하자."

내가 낚싯바늘에 미끼를 매달기 시작한 것은 여름이 거의 끝나갈 무렵이었다. 미끼는 언제나 일정한 장소에 투척하는 것이 가장 중요한 요령이었다. 그러나 미끼를 매달지 않았을 때는 같은 장소에 정확하게 떨어져 직립하던 찌가, 막상 미끼를 매달기만 하면 중구난방으로 갈피를 잡지 못하고 있었다. 허공에서 미끼가 분해되어 사방으로 흩어져버리는 수도 있었고, 바로 코앞에서 물 속에 곤두박질을 치거나 받침대에 감겨버리는 수도 있었다.

"열받네."

울화통이 치밀어 올라 낚싯대를 분질러버리고 싶은 충동에 사로잡혔던 적이 한두 번이 아니었다. 그야말로 사투였다. 이렇게 낚시질이 힘든 것이라면, 차라리 시장에 가서 돈을 주고 물고기를 사는 편이 훨씬 현명한 처사라는 생각이 들었다. 그러나 지성이면 감천이라는 말이 맞기는 맞는 모양이었다. 시일이 경과하자 그토록 중구난방이던 휘두르기도 차츰 안정되어 가더니, 마침내 던질 때마다 백발백중으로 일정한 장소에 투척되는 실력도 갖추어지게 되었다.

"이제는 마음을 고요하게 만들어 찌를 응시하면서 입질이 들어

오기를 기다리는 일만 남았구나."

"입질이 들어오면 찌가 움직이나요."

"찌를 움직이지 않고 미끼를 도둑질해 갈 정도로 진화된 물고기
는 아직 이 세상에 태어나지 않았느니라."

"입질을 하면 찌가 어떻게 움직이나요."

"물고기마다 다르게 움직이지."

"어떻게 움직일 때 채야 하나요"

"경험을 쌓아서 알아내도록 하여라."

오랜 경험을 쌓으면 모든 요령이 절로 터득된다는 가르침이었
다. 찌의 움직임만 보고도 어떤 크기와 어떤 종류의 물고기인지를
대번에 알게 된다는 것이었다. 그러나 미끼를 매달고 며칠 동안 낚
시질을 해보았지만, 나는 물고기를 한 마리도 잡아낼 수가 없었다.
날마다 찌는 물 속에 대못처럼 굳게 붙박혀 종일토록 미동조차 하
지 않았다. 미끼만 달아놓으면 무조건 잡히리라고 예상했는데 의
외였다. 할아버지는 며칠 동안 수온이 연속적으로 상승해서 조황
이 좋지 않기 때문이라고 말했지만, 누군가 세상에서 가장 지겨운
일이 무엇이냐고 묻는다면 나는 서슴지 않고 낚시질이라고 대답할
준비가 되어 있었다.

"오늘은 약간 상류 쪽에다 자리를 잡아보자."

며칠간 날씨가 흐려 있었다. 그날도 하늘 전체가 회색으로 흐려
있었다. 그러나 할아버지는 절대로 비가 오지는 않을 거라는 예측
이었다. 할아버지는 종전보다는 한결 상류 쪽에다 자리를 정하고

236

있었다. 수면 위에 듬성듬성 수초가 떠 있었다. 나는 그동안 지겹도록 휘두르기를 연습해 왔기 때문에 수초를 피해서 찌를 세우는 요령을 터득하는 데 그리 오랜 시간이 걸리지는 않았다. 그날의 체험을 어떻게 표현해야 좋을까. 그날은 낚시질에 대한 나의 선입견을 완전히 일소시켜 버리는 획기적인 사건이 발생한 날이었다.

"입질이 들어왔어요."

낚싯대를 서너 번밖에 던져놓지 않았는데도 찌가 들쑥날쑥 움직이고 있었다. 낚시질을 배우고 처음 목격하는 입질이었다. 나는 환희에 들떠 있었다. 가슴이 끊임없이 방망이질을 치고 있었다. 그러나 할아버지는 별로 달갑지 않다는 표정이었다.

"납자루다."

할아버지의 단정이었다.

나는 찌의 움직임에 따라 낚싯대를 바쁘게 잡아채보았으나 번번이 허탕이었다. 내려갈 때 잡아채도 허탕이었고, 올라갈 때 잡아채도 허탕이었다. 몇 시간을 씨름해 보았으나 바늘은 언제나 비어 있었다. 할아버지의 말에 의하면, 바닥에 납자루가 천여 마리는 족히 깔려 있다는 것이었다.

"납자루가 뭐예요."

"회수권만한 물고기지."

"왜 잡히지 않나요."

"주둥이가 낚싯바늘보다 작기 때문에 잡기가 여의치 않은 물고기니라."

납자루는 조개의 몸 속에다 알을 낳는 물고기로서, 체형이 작아도 떼를 지어 세력권을 형성하며 다른 물고기들이 근처에 얼씬거리기만 해도 집단적인 공격을 감행하기 때문에 낚시꾼들이 별로 환대하지 않는 어종이라는 것이었다. 장시간 팔운동을 시키면서 밑밥만 받아먹기 때문이라는 것이었다. 그러나 나는 납자루와 수시간을 씨름하던 끝에 마침내 한 마리를 낚아 올릴 수가 있었다. 얼떨결이었다.

"잡았어요. 잡았어요."

할아버지의 표현대로 회수권만한 크기의 물고기였다. 낚싯대에 전해져 오는 감촉이 거의 없었기 때문에 나는 잡힌 줄도 모르고 있었을 정도였다. 정말로 예쁘게 생긴 물고기였다. 등 쪽은 청록빛이었고, 배 쪽은 분홍빛과 청록빛이 어우러져 있었다. 자디잔 금속빛 비늘을 가지고 있었다. 내 손으로 사로잡아본 최초의 생명체였다. 나는 행여나 다칠세라 조심스럽게 납자루의 입에서 바늘을 빼내고 있었다.

"조력이 몇십 년인 낚시꾼도 흉내를 내지 못할 솜씨로구나."

대개 낚싯바늘이 턱에 걸리거나 배에 걸려서 나오기 십상인데, 용케도 입을 꿰어서 낚았다는 할아버지의 칭찬이었다. 나는 어찌나 기분이 황홀했던지 오래도록 입이 다물어지지 않을 지경이었다.

"어디다 넣어서 집으로 가지고 가지요."

나는 납자루를 한 손에 움켜쥐고 마땅한 도구를 찾아보기 위해 가방을 뒤적거리고 있었다. 그러나 마땅한 도구는 준비되어 있지 않았다.

"놓아주어라."

할아버지의 부드러운 권유였다. 그러나 내게는 부드러운 권유가 아니라 충격적인 명령으로 들렸다.

"너무 작아서 그러시는 건가요."

나는 아쉬움에 가득 찬 목소리로 묻고 있었다.

"무조건 놓아주어라."

할아버지는 계속 방생만을 권유하고 있었다.

나는 결단코 놓아주고 싶지는 않았으나 끝내 할아버지의 권유를 거역할 수는 없었다. 원망스럽기 짝이 없는 처사였다. 나는 납자루를 움켜쥔 손을 물 속에다 집어넣고 가만히 펴보았다. 납자루는 잠시 얼떨떨한 자세로 손바닥 위에 떠 있다가 이내 정신을 차렸는지 황망히 도망쳐버리고 말았다. 아쉬운 기분이 오래도록 손바닥 위에 남아 있었다. 나는 볼이 부은 상태로 계속해서 낚싯대를 휘두르고 있었다. 그러나 던지기가 바쁘게 입질이 들어오기는 했지만, 한 번도 납자루가 걸려 나오지는 않았다. 그런데 어느 순간부터 갑자기 상황이 돌변해 있었다. 불시에 입질이 딱 끊어져버리더니 한동안 찌가 요지부동의 상태를 유지하고 있었다. 영문을 알 수가 없는 일이었다. 지루해서 견딜 수가 없었다.

"왜 갑자기 입질이 들어오지 않지요."

나는 조바심을 참지 못하고 할아버지에게 물어보았다. 조용히. 할아버지가 손가락 하나를 곧추세워 입술에 갖다대고 있었다. 심상치 않은 표정이었다. 그때였다. 찌가 몇번 아래위로 까딱거리더니 서서히 솟구쳐 오르고 있었다. 아까보다는 한결 느린 동작이었다. 나는 극도의 긴장감 속에서 자신도 모르게 황급히 낚싯대를 잡아당기고 있었다.

피잉.

낚싯줄이 운었다. 마치 낚싯바늘이 묵 밑바닥의 바위에라도 걸려버린 것 같은 감촉이었다. 그러나 아니었다. 곧 강렬한 저항감이 몸 전체로 전해져 오고 있었다. 나는 다급하게 두 손으로 낚싯대를 부여잡으며 반사적으로 손아귀에 힘을 가하고 있었다. 낚싯대가 둥글게 휘어지고 있었다. 부러져버릴 지경이었다. 어떤 거대한 괴물이 낚싯바늘을 물고 요동질을 치고 있었다. 굉장한 저항이었다. 괴물은 나를 물 속으로 끌고 들어가기 위해 안간힘을 다하고 있는 것 같았다. 도저히 물고기라는 생각은 들지 않았다. 나는 정신을 차릴 수가 없었다. 호수 전체가 몸부림치고 있었다. 할아버지가 곁에서 낚싯대를 수직으로 세우라고 소리치고 있었다. 괴물은 한참 동안이나 정체를 드러내지 않고 있었다.

"잉어로구나."

"하, 할아버지. 어, 어떻게 하지요."

"물고기가 기운이 빠질 때까지 그 상태를 계속 유지하고 있거라."

나는 두 손으로 낚싯대를 부여잡고 혼신을 다해서 사투를 벌이고 있었다. 오랜 시간이 경과되고 있었다. 나는 괴물을 바깥으로 끌어내기 위해 조금씩 뒤로 물러서고 있었다. 그러나 괴물은 아직도 저항을 멈추지 않고 있었다. 낚싯줄이 끊어져버릴 것 같았다. 시종일관 마음이 조마조마해서 견딜 수가 없었다. 괴물이 난폭하게 호수를 파열시키며 몇 번 수면 위로 머리를 솟구쳤다가는 다시 물 속으로 곤두박질을 치고 있었다. 점차로 저항이 약화되고 있는 것 같았다. 할아버지가 옆에서 틈틈이 내가 취해야 할 행동들을 지시해 주고 있었다. 얼마나 시간이 경과되었을까. 마침내 괴물은 하늘을 향해 입을 크게 벌린 채 내게로 투항해 오기 시작했다. 거의 저항을 포기한 상태였다.

"그놈 참 잘생겼구나."

괴물이 땅 위에까지 끌려 나오자 할아버지가 얼굴을 수건으로 덮어주며 그렇게 말했다. 어른 장딴지만한 크기의 물고기였다. 할아버지가 잉어라고 가르쳐주었다. 입 가장자리에 한 쌍의 짤막한 수염이 붙어 있었다. 배는 은백색이었고, 등은 녹갈색이었다. 엄지 손톱보다 약간 큰 비늘들이 가지런하게 배열되어 있었다. 황동색이었다. 나는 흥분으로 다리가 후들거리고 있었다.

"비늘이 떨어지거나 상처가 생기지 않도록 각별히 조심해야 한다."

할아버지가 바늘을 뽑는 시범을 보여주면서 주의사항을 숙지시키고 있었다. 잉어는 가쁘게 숨을 몰아쉬면서 몇 번 꼬리를 세차게 퍼득거리고 있었다. 나는 황홀감 때문에 심장이 터져버릴 지경이었다. 백두산 꼭대기에라도 올라가서 내가 잉어를 잡았노라고 소리치고 싶은 심정이었다. 그러나 황홀지경도 잠시뿐이었다.

"이젠 놓아주어라."

할아버지의 권유였다. 이렇게 큰 물고기를 잡았는데 놓아주라니. 나는 우선 귀부터 의심하지 않을 수 없었다. 그건 회수권만한 납자루가 아니었다. 분명히 어른 장딴지만한 잉어였다. 박제를 만들어서 자손만대에까지 물려주어도 시원치 않을 판국인데 놓아주다니. 놈팽이다그밖에는 생각될 수 없었다. 그러니 할아버지는 진지한 표정으로 같은 말만 되풀이하고 있었다. 이젠 놓아주어라. 부드러운 목소리였으나, 그 속에는 거역할 수 없는 완강함이 내포되어 있었다. 하지만 이번에는 절대로 놓아주고 싶지 않았다. 할아버지가 어른만 아니라면 정강이라도 걷어차주고 싶은 심정이었다. 나는 원망스러운 눈초리로 할아버지를 오래도록 쳐다만 보고 있었다.

(2권에 계속)

황금비늘 · 1

초판 1쇄 1997년 6월 10일
제2판 1쇄 2005년 6월 15일
제2판 5쇄 2008년 5월 25일
제3판 7쇄 2013년 2월 5일

지은이 | 이외수
펴낸이 | 송영석

펴낸곳 | (株)해냄출판사
등록번호 | 제10-229호
등록일자 | 1988년 5월 11일

서울시 마포구 서교동 368-4 해냄빌딩 5 · 6층
대표전화 | 326-1600 **팩스** | 326-1624
홈페이지 | www.hainaim.com

ISBN 978-89-7337-984-2
ISBN 978-89-7337-983-5(세트)